雙星的天劍士

HEAVENLY SWORD OF TWIN STARS

1

七野りく

Riku Nanano

［插畫］cura

Kadokawa Fantastic Novels

登場人物

隻影
前世是英雄的少年。

張白玲
名門千金。

王明鈴
大商人的女兒。

張泰嵐
救國名將。

朝霞
白玲的隨侍女官。

靜
明鈴的隨從。

阿岱
意圖一統天下的玄國皇帝。
同時是個怪物。

阮古頤
別名赤狼。玄國猛將。

玄
燕京
七曲山脈
大河
西冬
敬陽
大運河
臨京
榮

序章

「給我站住！逆賊！敢抵抗就休怪我無情——嘎啊！」

我——煌帝國前大將軍——皇英峰一邊騎著馬，一邊迅速回頭射出一支箭，精準命中最前頭那一位騎兵的左肩。

他就這麼在將近黎明的昏暗天色與北方寒氣的懷抱之下，與馬鞍上的燈火一同墜落地面。

雖然視野不佳，但假如是在戰場上遇敵，我仍然能夠射穿對方的額頭……然而這群對我有敵意的士兵同樣是帝國的人民，我不想狠心殺死他們。

我只用雙腳駕馬，對其他追兵接連射出好幾支箭。騎兵們的外衣與顏色以黑色為主的輕型甲冑沾上他們的鮮血，而我佩在腰上的雙劍——黑鞘與白鞘的兩把劍也隨著馬匹奔馳的動作搖晃。

「唔！」

其他騎兵驚慌得放慢速度，並在手腳中箭後完全停下腳步。看來他們之中沒有人學過騎射。

我今晚原本打算在帝國最北都市「老桃」過夜，但那裡的守備隊長察覺不對，強行遞過來這一把強弓。我手持這把弓，小聲嘆道：

「……沒想到我也有被貶為逆賊的一天呢。」

春日已近，然而黎明時分的荒野依然稍嫌寒冷，嘴裡也能呼出白霧。

若沒有突然遭人追殺，我一定早就在溫暖的房間裡睡上舒適的一覺了……

我與目前擔任帝國大丞相的兒時好友王英風，以及七年前過世的先帝，曾在二十年前一同發誓於此地──「老桃」實現自神話時代以來就無人達成的大夢，也就是「一統天下」。

我在十五歲初上戰場，隨後收下先帝賦予的這一對雙劍，並在不知不覺間當上掌管軍隊的大將軍，忙碌得成天東奔西走。

順利克服無數苦難過後──我與掌管內政的王英風一同被譽為「雙星」，而現今的帝國已經併吞了眾多國家，唯位於北方草原的小國「燕國」，以及位於橫越這片廣闊土地的大河旁，勉強維持獨立的「齊國」仍未受到統一。

我們三人在據說已經存在超過千年的巨大桃花樹下發誓達成統一大業，如今這份夢想實現的那一刻近在眼前，使得這對象徵統治天下的雙劍──得到了「天劍」的美名。

然而……自從先帝離開人世，帝國就未曾拓展版圖。

因為現任皇帝沒有想要統一天下的野心。

我也早已不是大將軍，甚至好幾年沒有見到過去形影不離的好友──王英風。

我在昏暗的天色與一陣惆悵之中，繼續對追兵射出箭矢。

後方再次傳出幾道哀號與嘶吼。

「為、為什麼射得中啊！」「快、快熄滅火把！」「傷兵眾多！我們快應付不來了！」「快躲在盾牌後頭！那位大人若沒有手下留情……我們老早就全軍覆沒了！」

我繼續拉弓應戰，同時推斷起追兵們的兵力。

——他們大多是不曾上過戰場的新兵。

少數幾位老兵也不曾在視野不佳的黎明時分騎馬上陣。

已經沒有任何人能夠專心追殺我。於是放下弓弦上的箭，細聲嘆道：

「……太弱了。皇上底下的士兵竟然只有這點能耐。明明應該還有其他更有可能殺死我的辦法，卻沒膽在皇都下手暗殺，甚至以明年春天要率軍進攻的藉口胡謅一個任務，要我先去北方偵察——不對，說不定是故意的……竟然恨我到如此……」

無法把話說到最後的我拉動了韁繩。

在日出將近的北方天上那兩顆星辰的閃耀下改變方向，趕往目的地。

——我在先帝過世的隔年卸下大將軍之職。

第二代皇帝或許是覺得我希望儘快進攻「齊國」的意見很刺耳。

他委宛勸我放下權力。

我在繳回將軍職位以後，又接著上繳軍權與領土，幾乎等同退隱江湖。

曾經一度與王英風為此展開激烈爭執，然而沒能和掌握帝國政治權力的大丞相討論出共識

——我不禁觸碰腰上漆黑與純白的劍鞘。

如今只剩下這兩把「天劍」。

唯有這兩把劍——……實在無法心甘情願地交給皇上。

「他在那裡！！！！殺了他！！！！！」

前方忽有一名年輕男子高聲發號施令，緊接著有數十位騎兵從小山丘上突襲而來。是伏兵！

我在快馬上思考，若下令追殺的指揮官是自己，我會怎麼做？

這群人是第五批前來暗殺我的刺客。

目標只有一個人，他們只需要一開始就派出大批軍力，讓我無路可逃就好。

看來這七年來刪減的軍費不只影響到士兵們的訓練，還影響到指揮官了。我很確定這些人不是王英風派來的。

凝視迅速逼近的這群騎兵。

要在早晨的霧氣中射箭打退他們並非難事，不過……

我揹起弓箭，拿起綁在馬鞍上的長槍。

「駕！」

用左手拉動韁繩，要腳下的馬加快腳步。

看來「老桃」那位以前似乎被我救過一命的年輕守備隊長，幫我挑了一匹好馬。

……希望他之後不會遭到興師問罪。

我懷著這樣的想法闖進眼前的淡淡薄霧當中。

「噫！」「哇！」「唔！」「什麼！」

「唔！？！！」

我正面衝進敵陣，用槍柄將出現在身邊的幾位騎兵打下馬。

一名年輕騎兵立刻揮劍反擊，可惜我只要韁繩一甩，要馬匹暫時轉向就能輕快閃過。

薄霧散去，得以看見士兵們臉上難以置信的神情。

我們三人過去發誓要一統亂世，拯救受暴政、異族與盜匪所苦的人民，但這份夢想再也無法實現。

……即使如此！

我高舉右手長槍，大聲報上自身名號。

「我乃煌帝國前大將軍，皇英峰。假若你們這些乳臭未乾的小鬼有自信取下我的首級——就來試試看吧！」

*

「到這裡應該就沒問題了。」

我穿過年少時經常與摯友們一同走過的隱密獸徑，這才終於抵達目的地。停下因為闖過好幾次敵陣，已經疲憊不堪的馬。天空也已漸漸染上白光。

眼前可見一株幾乎要吞噬掉整座懸崖的巨大桃樹，以及長滿青苔的巨大岩石。

可以聽見好幾座瀑布轟轟的流水聲。

上一次來到這個煌帝國起始之地——也就是先帝、我與王英風發誓要統一天下的地方，早已是二十年前的往事，可這棵老桃樹宛如仍停留在當年。幾近永生的壽命，以及全年盛開的淡紅色花朵，總是讓我不禁心生敬佩。在朝陽微弱的光芒襯托之下，更是顯得如夢似幻。

當時的我們天不怕地不怕，且胸懷大志。

……實在很懷念那段時光。

我在下馬之後卸下馬鞍，溫柔擁抱馬兒的脖子對牠說：

「謝謝。你真的幫了我大忙。快走吧，留下來會受到波及。」

隨後這匹聰明的馬便像是覺得很過意不去般瞇起眼，發出馬嘶聲，順著剛才那條獸徑離去。

目送牠離開的我接著放下背囊，站在大樹前。箭筒裡的箭矢已一支不剩，長槍也早已折斷。

只見北方閃爍的兩顆星辰與逐漸下沉的月亮，還有出現在地平線上的朝陽，黎明將至。

想必很快就會有追兵來到這裡。

不過——

「只有這裡一點都沒變啊。」

一般桃樹的壽命很短暫。

然而……這棵桃樹卻從來不曾枯萎，甚至據傳已矗立在此地千年之久。

也難怪此地會命名為「老桃」。

——不久，風捎來一陣土壤受到踩踏的味道。

我看向變得比過去更加寬敞的山路。

「……來了啊。」

由盾牌兵帶頭行軍的大批軍隊，從早晨的薄霧當中走來。

人數——至少一千人。

竟然動員帝國最強的精銳部隊來對付一個前將軍……真是大費周章。

我撫摸下巴，對騎馬走在軍隊中央的一名年輕女將軍大聲吆喝。

「站住！你們膽敢繼續前進——這次可就小命不保了！」

最前排的士兵彷彿在我的話中感受到危險，驟然停下腳步。他們的神色非常緊張，或許是因為在來這裡的路上看到了不少傷兵……他們果然不習慣上戰場。

儘管如此，戴著一頂華麗頭盔的女將軍揮舞指揮棍，大聲命令軍隊繼續前進。

我因為瀑布的聲響而聽不清楚她在說什麼，想必是要士兵們別害怕吧。

先帝親自統率的舊親衛隊已經解散許久。看來不曉得我經歷過多少戰事和立下多少戰功的人也變多了。

「……這就是上了年紀的壞處吧。虧我自認還算年輕呢。」

我苦笑道，同時眼前的大批軍隊也擺好陣形，包圍與他們有些距離，而且站在懸崖上的我。

「真無趣。明明如果願意多下點工夫，還可以比較像樣點。這下可傷腦筋了。」

我身上的武器只有腰上這兩把劍。

不能拿這兩把劍傷害自己人……然而，待在軍旗旁邊的年輕將領拔劍喊道：

「他已經沒有退路，也沒有半支箭了！全軍突擊，討伐逆賊！」

「………唔！」

隊伍中的士兵與下級指揮官用表情顯露他們無聲的困惑。

老兵與知道我經歷的人更是一臉不願意。

他們知道直接和我開戰會有什麼下場。

女將軍惱火地揮舞指揮棍，大聲喝斥：

「你們還在發什麼呆！！！！快殺了他──討伐那個『逆賊』皇英峰！！！！！這可是皇上親自下達的聖旨！！！！！」

我不禁為這段在一夜之間聽過無數次的話語感到心痛。既然連王英風的心腹都這麼說了，就表示皇上果真恨我入骨──此時，一些原本還在猶豫的士兵們便氣勢磅礴地順著山路朝山崖上的我而來。

我閉上雙眼不到一瞬間，右手伸向黑劍的劍柄。

「受死──唔！？！！」「！」

最先衝上來的士兵還來不及揮下他高舉過頭的劍，我就往他穿著鎧甲的身軀踢了一腳。遭到踢飛的士兵不只痛得昏了過去，還撞到其他士兵一起滾下山路。

沒有遭受波及的士兵從旁展開進攻。

「——你們可別被嚇壞了喔。」

「～～～唔！？！！！」

十幾名士兵沒能躲過我尚未拔出劍鞘的黑劍橫掃而出的劍氣，帶著哀號被吹往高空，然後接連摔到地上。哀號與痛苦呻吟又接著引發其他人的恐慌。

我看往後面嚇得停下腳步的那群士兵，提出忠告。

「我在等人。你們若不想死，就別來打擾。我不想殺死你們。」

士兵們眼裡充斥著強烈恐懼，其中大多開始撤退。

少數老兵當中也有不少熟面孔，那些人的臉色更是蒼白許多。

「你們還在猶豫什麼！縱使那傢伙強如猛虎，又或是神龍——也就只有一個人！殺了帝國與皇上的仇敵！！！！快討伐他！！！！！」

臉色一樣略顯蒼白的女將軍繼續鼓舞士兵。看來她是真的很想要我的命。

不對——應該是她對王英風的忠誠使然。畢竟王英風將原本是奴隸的她提拔成將軍，或許是不希望他必須弄髒自己的雙手。

我握緊黑劍，咧嘴說道：

「那麼……我就不再多說什麼了。就來取下我的首級，榮耀你們的後代子孫吧。」

「慢著！！！！！！！！！！！！！！！！！！！！！！！！」

一名柔弱男子笨拙地騎著馬，從獸徑衝出來。

他摻雜白髮的頭髮變得雜亂無比，外衣也沾到些許髒汙。

女將軍不僅是頭盔下的表情瞬間充滿驚訝，還大聲喊道：

「閣、閣下！您、您怎麼會……」

那名柔弱男子——正是我的摯友，也是現在被視為政敵的王英風。他以異常冰冷的語氣再次下令。

「紅玉，我以煌帝國大丞相之名命妳退下。我得跟煌帝國大將軍皇英峰談談！而且——此地是我倆與先帝發誓一統天下之地！不允許任何人踐踏這片土地！」

「遵命……是、是屬下無禮了……」

女將軍被訓斥得全身顫抖，垂頭喪氣地再次無力揮舞指揮棍。

神情僵硬的指揮官們隨即帶著其他士兵與傷兵下山。

王英風一臉嚴肅——直到大軍退去，他才吐出一口氣，用幾乎要摔下馬的方式下馬。他深深低下頭，出言道歉。

「……抱歉。是我疏忽了……才會……」

「別在意。她是個善良的姑娘，會這麼做想必是為了你好。喝吧。」

我從背囊裡取出兩個酒杯，倒了一杯酒給我的盟友。

先帝過世之後，我跟王英風在帝國內的立場改變許多。

不過——這不會改變從小至今並肩奮戰的事實。我們依舊是盟友。

王英風接過酒杯，一口喝乾杯中物。朝陽使他的白髮在光芒下閃爍，眼下的暗沉也更顯眼。

「大丞相閣下，你看起來有些蒼老，實在不像三十五歲。」

我一邊調侃他，一邊幫他再倒一杯酒。王英風埋怨說道：

「……因為我不像前大將軍一樣悠哉，得處理堆積如山的麻煩政務啊！」

「畢竟我不擅政務。終究只是帝國的一把『劍』。」

「……哼！」

王英風才喝完半杯酒，就粗魯地搶走了酒瓶。

「……你真是一點都沒變。總是這麼直率，而且對堅持自身的作風毫不遲疑。也因此……」

此時一陣風吹過，使得無數桃花花瓣在夜晚與早晨的微光中飛舞。

就好比二十年前——……我們在這裡立下誓言的那一天。

吾友立刻抬起頭，眼中可見大粒淚珠。

他手中的酒杯掉落地面，發出清脆的破裂聲響。王英風用力抓住我的雙肩，力道大得甚至帶來痛楚。

「吾友英峰啊，你快逃……！你……你這般比世上的任何人都更願意為國家……為人民奮戰的善人……怎能就此枉死！」

他如此拚命的神情讓我瞬間理解到一件事。

這個男人……這個聰明過人又溫柔的摯友被皇上下令暗殺我之後，一定煩惱得夜夜難眠。

我仰望大樹——接著用從前與摯友歡談的語氣，對王英風坦白內心想法。

「真沒想到皇上……那個小子會這麼恨『我』。」

我知道先帝的獨生子——第二代皇帝是個庸才。

不過只要有王英風在，還是足夠壯大煌帝國。

吾友垂首說道：

「……你太耀眼了。無數次衝鋒陷陣，卻從沒受過半點傷，沒吃過半場敗仗。立下的戰功可說是空前絕後，還被譽為先帝之『劍』。而且面對皇上也不會委屈自己，即使主動放下官位、領土與軍權，也絕不答應交出『天劍』……皇上不曾打過仗，想必是此舉令他認為你目中無人。」

「這兩把劍還不足以稱為『天劍』。畢竟煌帝國還沒成功統一天下。」

王英風沒有回應我的調侃，而是握拳敲打一旁的岩石。

「我就老實說吧。我——……一直很嫉妒你的才幹。總是忍不住怨嘆上天為何讓我倆生在同個時代……說來可笑，受世間尊稱『大丞相』之人在先帝離世後的這七年，其實都是藉著對你的嫉妒來精進自己！結果……卻如此狼狽！竟然無法光明正大地拯救我唯一的摯友………」

「……這樣啊。」

其實我也想成為像王英風這般能夠幫助人民的文官，而不是率領人民去戰場送死的武官……但現在不適合把這話說出口。

我閉上雙眼，緩緩拔出腰際的雙劍，走往巨岩前方。

漆黑之劍名為「黑星」。

純白之劍名為「白星」。

這是我與王英風的摯友——現已不在人間的先帝飛曉明在稱帝前送我的唯二寶物。

這兩把劍據說是神話時代，有人利用墜地的天上星辰打造而成。

盟友訝異得眨了幾次眼。

「皇英峰，你想做什——」「喝！」

我不顧王英風的提問，粗魯地用雙劍砍向過去曉明曾經坐在上頭的巨岩。

——劍刃輕易劃開岩石。

被砍成兩半的巨岩滾進瀑布當中，濺起巨大水柱。

我在飛濺水滴的沐浴之下將雙劍收進劍鞘，再從腰上卸下。

「王英風！」

對愣住的吾友扔出終將成為「天劍」的兩把劍，說道：

「那兩把劍還有它們未完成的任務。就由你來——繼承這份夢想吧！」

「皇、皇英峰，你……你在說什麼…………？」

吾友明顯語帶顫抖，而我則是站在懸崖邊，閉上單隻眼睛。

「別擔心——你一定辦得到。喔，對了。你也差不多該找個姑娘結婚了。」

「好……好，我答應你！但你千萬別做傻事啊！」

朝陽的純白光芒灑落在我們身上。夜晚澈底褪去，天上繁星逐漸消逝。

我搖頭拒絕王英風的奮力勸說。

「今後的帝國需要的不是『劍』——」

我對與二十年前初上戰場時一樣哭喪著臉的吾友露出微笑。

「而是你，王英風。你要實現我的……我們的夢想——要一統天下，打造一個能夠讓人民安居樂業的國家。我很滿意自己波瀾壯闊的人生——……永別了！」

「皇英峰！！！！！！！！！！！！！！！！！」

我在摯友震耳欲聾的嘶吼當中，用力一躍。

跳往空中的我仰望著天空——發現天上兩顆星辰之一劃過天際。

隨後，我便落入冰冷瀑布的懷抱。

——我不討厭自己的人生。

倘若還有來世……真想成為像王英風那樣藉著政治拯救人民的文官，而不是在戰場上殺人無數的武官。

雖然憑我的腦袋，可能頂多當個小城鎮的文官吧。

我——皇英峰的意識就這麼被水底的黑暗吞噬殆盡。

第一章

「那麼，我們來小試身手吧。雖然是一打三，但您不需要手下留情——白玲大小姐，準備好了嗎？」

「——嗯。沒問題。」

將這片大陸一分為二的大河南方屬於榮帝國的領土。

其領土北部區域湖洲的大城——敬陽郊外有一座訓練場。場上響起一位姑娘明亮的聲音。

她一派輕鬆地回應看起來一本正經的年輕青年隊長。這位手拿美劍的美麗姑娘——是保護榮帝國不受異族侵略的「護國神將」張泰嵐之長女，白玲。

那頭用紅繩綁著的銀色長髮在陽光反射下顯得耀眼無比。那雙在有不少異國人出入的我國境內也格外少見的蒼藍眼眸，則散發著深不可測的智慧。由於她體態均衡，連住在同個屋簷下的我，都覺得她穿著以白色為主的軍袍與輕型甲冑的模樣相當威風。

在城牆與瞭望台上觀摩的士兵們似乎也是不禁讚嘆連連。

我——隻影雖然是與張家沒有血緣關係的養子，卻也把白玲當作自己的親妹妹。即使排除同為一家人的偏心，依然覺得她這副模樣非常美麗。

連「『皇英峰』還在世的千年前」都不曾出現過白玲這般絕世美女。

她生性認真，天天努力鍛鍊，對侍奉張家的每一個人和士兵都很和善。

而且敬陽的居民也不再相信以往「女人擁有銀髮藍眼為傾國之兆」的迷信，對她敬愛有加。

「她真的跟我一樣十六歲嗎？難不成她也一樣有『前世』的記憶？」

有時會這麼暗自心想。不過，她從小到大就只對我特別嚴格……

總之我的想法應該沒有錯。

「白玲大人，我相信您一定會贏！」「您今天也是貌美如仙啊！」「請您一定要好好教訓竟然說『想去當小城文官』這種傻話的隻影大人！」「他自己去都城待了半年，實在是太過分了！」「少爺應該等等也要參加訓練吧？」「要當武官的人當然得一起來訓練！」

一旁觀摩的大多數男兵與少數女兵都希望白玲得勝，還有人趁機調侃我。敬陽是抵禦外敵的最前線，不分男女皆有人願意上戰場保家衛國。

……等等，他們說訓練是嗎？

誰要練武啊！我還得忙著看之前在都城得到的書卷呢！

「嗯……你以後想做處理政務的文官啊！那麼，你也得看看較艱深的書卷，增添一些學識才行。這些書卷可以算你便宜一點喔♪」

我想起在都城遇到的一名比我年長的姑娘所說的話。先不提性格……至少那傢伙的確天資聰穎，如果去當官，絕對會是極為優秀的文官。

我前世沒能實現當文官的夢想，這輩子一定要把握機會加以實現！

而且——原本並不打算來參加訓練。

可是白玲卻冷淡地說：

「你借住在我們張家，就必須承擔參加訓練的基本義務。」

所以才不得已跟著前來訓練場——那位銀髮公主正好回過頭來，瞇著眼睛與我四目相交。

「…………」「…………」

我不敵眼前這位美女彷彿在說「我都上場比武了，你竟然不看嗎？……真是膽大包天啊」的眼神威脅，視線開始游移起來。

我是十年前在戰場上被張泰嵐——老爹帶回來收養的。

前世精通武藝，論比武不會輸給白玲，但我這些年從來沒有成功撐過她不發一語的威脅。

我一邊撥弄自己黑色的瀏海，一邊輕輕揮手道：

「啊～……你們還是早點開打比較好吧？」

「…………也是呢。」

白玲冷冷地簡短回答以後，才刻意緩慢轉頭面向要和她對練的幾位士兵。

負責裁定勝負的青年隊長一臉困惑地看著我，我對他輕輕點了點頭。

「那麼——開始比武！」

隊長一說完，白玲與士兵們便開始交手。

三名士兵舉起訓練用的長槍，一步步慢慢接近白玲。從他們的動作來看，應該是才剛招募到的新兵。

銀色長髮被不時吹起的春風吹動，但銀髮姑娘不為所動。嗯，她不可能會輸。

——榮帝國曾經幾乎達成統一天下的壯舉，只差沒有拿下位於邊郊的某一州。

然而榮帝國卻在大約五十多年前，遭到於舊「燕國」之地迅速興起的騎馬民族國家——「玄帝國」奪走大河北方的領土，被迫撤退到舊「齊國」所在的南方領土。因此，收復北方領土可說是榮帝國的宿願。

目前情況算稍微穩定，但兩國總有一天會再次正式交鋒。

屆時——便會是由長年在大河附近抵禦玄帝國軍隊的張家軍擔任前鋒。

所以老爹要求張家軍盡可能多做訓練的方針並沒有錯。

希望未來有機會安全地去一趟我前世死去的地方——「老桃」看看。

聽說那棵大桃樹到現在都還在，真教人難以置信……

我顧著沉思的這段期間，白玲已經只藉著自己的劍術將士兵們逼到城牆邊。看來這半年她也精進不少。

感覺自己忍不住露出微笑，同時也在布幕下繼續看起手邊的書卷。

這份書卷上記載了「煌帝國自統一天下」至亡國的歷史。

「雙星，一戰攻下業國。」

——對，我想起來了！

雖然已經忘得差不多了，但我記得直接橫越七曲山脈進攻敵軍首府的那一仗是由王英風負責策劃，我來率軍執行的精采好仗——此時聽見背後傳來一位老人刻意清喉嚨的聲音。

「咳咳……少爺，您不專心觀戰，可是會惹白玲大小姐生氣的。光是您去都城長達半年這件事就已經讓她不太開心了！而且大小姐這半年來都有遵照張大人的吩咐，努力鍛鍊自身實力，您這樣實在稍嫌失禮。」

「……禮嚴，別說這種話嚇唬我。我在都城還是有寫信給她啊……差不多一個月一封。」

「哦？但老夫聽說您當初說好半個月會寫一封吧？」

「……呃，因為我也很忙……」

我支支吾吾地回答在不知不覺間來到身後的一名體格壯碩，擁有白髮銀鬚的男子，也就是老爹的副將，兼負責照顧我們的導師——禮嚴，同時把白玲送我的一根漂亮羽毛夾進史書，將視線轉回訓練場上。

白玲在士兵們的歡呼聲中，以宛如舞蹈的動作展開攻勢。

每一劍閃過的光輝與她長長的銀髮都耀眼得猶如寶石。

說到劍與長槍，當然是後者較有優勢。畢竟長槍比較長。再加上白玲的對手即使只是三個新兵，仍然會讓她必須處在一對三的局面。

大多情況下，實力精湛的高手還是容易不敵人數壓制。

然而……

「太慢了！」「「「唔！」」」

白玲一邊轉動身軀，一邊流暢地架開刺向她的長槍，反過來將三名士兵逼入劣勢。

我發自內心佩服她的身手，不禁鼓掌叫好。

「喔～那傢伙這半年來進步這麼多啊！」

「是啊。大小姐想必是很掛念這陣子連敬陽近郊都能見到盜匪出沒……不對，應該是想在少爺面前大顯身手才對。」

禮嚴老大爺撫摸下巴的白鬚，笑著說起聽來沒什麼道理的話。

……感覺老大爺與張家的其他人對我跟白玲有某種誤會。

雖然我的確從都城回來敬陽以後，就成天到晚都被白玲拖著到處跑。

我無奈地抓抓自己的黑髮。此時，在前方訓練場上的美麗銀髮姑娘也對士兵們揮下決定勝敗的一劍。士兵們的長槍被打到空中。

「啊！」「唔！」「我、我認輸！」

「到此為止！贏的是白玲大小姐！」

「喔喔喔～！！！！！！」

青年隊長在被逼到牆邊的士兵們的長槍插進地面的同時舉起左手，宣告白玲獲勝，訓練場內頓時歡聲雷動。

神情依舊冷靜的小公主並沒有收起劍，而是再次與我四目相交，臉上浮現微笑。

……我有非常不好的預感。

「來，隻影，接下來換你了。」

她果然刻意在大庭廣眾之下指名我。

我高舉手上的史書假裝沒聽見，嘗試拒絕上場比武——不過，有人把收在劍鞘內的訓練用劍放到桌上。

立刻抬頭一看，發現面前這位白髮銀鬚的老將露出滿面笑容。

「少爺，您就用這把劍吧。劍刃已經磨鈍，無須擔心會誤傷大小姐。」

「呃……怎、怎麼連老大爺都站在白玲那邊啊！」

「老夫不是不願意站在您這邊——只是現在選擇站在白玲大小姐那邊罷了。」

「你、你這個叛徒——！」

我如此喊道時，不遠處傳來了那位銀髮姑娘的腳步聲。

不曉得是不是我的耳力變差，總覺得她的腳步聲聽起來莫名輕快。

白玲伸出她白皙的手，放在我的肩膀上。

「別忘了爹吩咐我們張家軍要盡可能多做訓練——……我叫你過來就過來，別廢話那麼多。」

「…………好。」

我屈服於這位小公主的威脅，刻意一邊假裝拭淚，一邊搖晃地站起身，走往訓練場中央。將領與士兵們隨即出言調侃。

「少爺，一定是您在都城玩太久的懲罰啦～」「竟然丟下白玲大小姐自己跑去都城，真是罪大惡極啊。」「不過，還是謝謝您帶美味的料理回來！」「不，那些食物是都城的『王氏商會』送來的——」

可惜在場的所有人都不願意替我說話。這些無情的傢伙！

至於白玲則是早早就站在離我有些距離的地方，若無其事地撥弄她銀色的長髮。我在去都城之前給她的紅色髮繩也隨之擺盪。

……看來她本來就打算逼我和她交手，才會帶我來訓練場吧？

我知道自己現在一定是一臉不甘願，接著對眼前從小一同長大的美麗姑娘吐出怨言。

「好吧……要是不小心受傷，就當成是妳害的了！」

「哎呀？你這個食客還滿有自信的嘛。難不成以為贏得過這半年來從不疏於訓練的我嗎？」

她乍看一如往常——但我看得出來，她不知為何明顯心情特別好！

我雙手扠腰，挺起胸膛。

「呵……真傻啊，大小姐。當然是說『我』會受傷啊！」

「你當成寶的書卷上沒提到，說別人傻的人自己才是傻子嗎？總之，你快拔劍吧。別讓大家等太久。」

她回嘴回得毫不猶豫。畢竟張白玲比我還要聰明。

老實說……她在各方面都比我更有才。尤其論適不適合當文官，我是遠遠比不上她。

我刻意面露不悅，鼓起臉頰道：

「好好好……明明小時候還像個可愛的妹妹，怎麼會變成這副德性呢……」

白玲的眉毛微微抽動了一下，但很快又恢復平常的冷靜面貌。

她用手指撥弄後腦杓的紅繩，快速講出對我這句抱怨的反駁。

「……我告訴你，這點距離要藉著讀唇看出你在講什麼並不是難事。我認為自己現在的容貌客觀來說還是算端正。還有，我年紀比你大，而且也不需要你這麼愛頂嘴的弟弟。」

「唔！妳、妳就大發慈悲，假裝沒聽見——」「不需要。」

白玲以非常堅定的語氣打斷我的求饒。

也、也用不著這麼大力否認吧……我認為我們這些年來處得還算不錯啊。

正當我在煩惱該怎麼辦時，負責裁定的青年隊長忽然開口提問。總覺得他有點像禮嚴。

「……那個……可以準備開始比武了嗎？」

「嗯？喔，可以啊。」「沒問題。」

我們同時回答他，再次面對面。

白玲淡淡笑道：

「我這半年來——已經好幾次夢到我們刀鋒相對的場面。你就乖乖成為我的手下敗將吧。記得你珍藏的書卷裡，也曾提到一個食客因為慵懶成性自食惡果的故事。」

「明明是妳硬要我跟妳交手的，這麼說也太過分了吧！還有，別趁我去都城不在張家的時候偷看我的書卷！」

於是眼前的姑娘用她纖細的食指抵著臉頰，眨了眨那雙彷彿寶石的蒼藍眼眸，疑惑地問道：

「嗯？你的東西就是我的東西，我拿來看有什麼問題嗎？？」

「……那、那妳的東西呢？」

我戰戰兢兢地反問。

白玲揮動手中的劍，用平時責罵我的語氣說：

「當然還是我的東西。你怎麼會問這種蠢問題？」

「暴、暴君……張白玲簡直是暴君！」

「別擔心，我不會危害到別人。因為只有你會被我這樣對待——可以發令了。」

「什麼！妳實在是……」「開、開始比武！」

我還沒抱怨完，比試便開始，白玲的身影就在發令後不久消失得無影無蹤。

她把身體壓低到幾乎要貼近地面，在疾馳中揮出銳利一劍！

「唔喔！」

我挪動身軀，勉強躲過白玲的奇襲。

接著一邊退後，一邊閃躲接連不斷的俐落斬擊。白玲臉上的笑意更深了。

「訓練如實戰，實戰亦如訓練。」

看來她領會到老爹教誨中的精髓了啊！

問題在於……她的劍驚險劃過我的瀏海，砍斷幾根頭髮。這正好就是鈍劍在武藝精深的人手中依然具有殺傷力的絕佳範例。

我往後大跳一步，向這位姑娘抗議。

「妳、妳不必這麼認真吧！被砍到真的會出人命啊！」

「不認真就沒有訓練的意義了。再說——」

「唔！」

神情冷靜的白玲並沒有氣喘吁吁，而是迅速逼近我面前，施展一記毫不留情的橫劈。

一往後仰，劍刃就正好從我臉部上方劃過。

本來打算在重新站穩後繞到她身後，卻遭到她揮劍擋住去路。白玲嘴角揚起一抹美麗微笑。

「這點程度還沒辦法砍中你吧？今天絕對要讓你不得不拔劍！」

我自幼來到張家就常常接受武藝訓練，但從來沒在與白玲訓練時拔劍出鞘。我再次戰戰兢兢地提問：

「——……如果我真的得拔劍，可以放我一馬嗎？」「不可以。」

「太不講理了吧！」

白玲再次展開猶如劍舞的激烈攻勢，我只藉著靈活步伐閃躲，卻發現她的攻擊躲起來已經不像半年前那麼輕鬆，逼得我不得不一直往後退開。

這就是天才麻煩的地方啊！進步得太神速了！

真希望她不會繼續進步到能夠贏過我。畢竟我少數能贏過她的武藝，是拜前世的記憶所賜。

也罷，也不討厭白玲在跟我比武時顯得特別高興的模樣——

「喔？」

我的背部輕輕撞上城牆。銀髮姑娘眼神瞬間一亮。

她在結束攻勢後改由雙手持劍，並往前踏一步，對我使出一記強勁無比的刺擊，同時大喊：

「是我贏了！」

——只靠閃躲沒辦法躲過這一招。

我的身體擅自動了起來，用右手捉住白玲的手臂——

「唔！」

我轉動身體一圈，改變架勢。

隨後用左手輕觸白玲的脖子。她的馬尾順勢擺盪，連帶晃動了髮繩。

看見她的劍插進牆上令我不禁冒出冷汗，接著語帶調侃地說：

「好啦，看來今天也是我贏。不戴上我從都城買給妳的花朵髮飾嗎？？」

「…………你說那個髮飾啊。我收起來了——……今天又沒能成功逼你拔劍。」

她剛才的好心情瞬間不知去向。白玲把劍收回劍鞘，心不甘情不願地認輸。

接著看了訝異得啞口無言的青年隊長一眼，用眼神催促他做出宣言。隊長似乎是第一次看我們兩人比武。

他在慢了一拍之後才舉起左手，用不小心破音的嗓音宣告：

「贏、贏的是隻影大人！」

「喔喔喔喔喔！！！！！」

士兵們大聲喝采，整個訓練場內激動萬分。

「少爺果然厲害！」「白玲大人竟然輸了……」「那個，小隊長……隻影大人為什麼會想當文官？」「就是小孩子那不切實際的夢想啊。他總有一天會放棄的。」「有兩位跟張將軍這等絕世高手在，我們根本不必害怕玄帝國進犯！」……唉，我又不小心贏了。

我一個想當文官的人，其實沒必要在訓練中打贏白玲。我說不定是個無可救藥的蠢蛋。

懷著無比複雜的心情低頭看向白玲的頭問道：

「我在都城的時候應該還有派人送一條藍白相間，看起來很適合妳的髮繩過來。花朵髮飾那一次妳有寫信告訴我收到了，該不會髮繩沒有送到妳手上吧？」

「……我有收到。可是敬陽最近這個時節很多沙塵……我不想弄髒它……」

「？？？」

「…………沒事。總之，我有收到。」

我呆愣在原地。白玲隨即雙手環胸，轉身背對我。

她看起來不太開心，卻又好像不至於真的不開心。

……打從前世就一直搞不懂女人心裡在想什麼。

我忍不住嘆息。此時，禮嚴充滿威嚴的嗓音響遍整座訓練場。

「安靜！」「！」

周遭瞬間鴉雀無聲。

身經百戰的老將放眼望向不禁挺直背脊的士兵們笑道：

「你們應該都看見白玲大人和隻影大人的身手有多麼驚為天人了吧！他們就是新時代的『雙星』！我們榮帝國——終有一日會動員北伐！屆時我等『張家軍』會是主力部隊！你們得加緊訓練，避免拖累兩位大人！」

「遵命！老嚴大人！」

士兵們的動作非常整齊劃一。經過長年歷練的老大爺講話果然很有分量。

……可是，我……不打算當武官，只想當文官啊……

銀髮姑娘忽然伸出她纖細的手臂，捉住我這身軍袍的領口。

「嗯？白玲？？」

「你衣服弄亂了。你是張家的一分子，要隨時注意自己的儀容。」

她的語氣一如平時冷靜。那雙蒼藍眼眸當中也不見一絲緊張。

真希望她可以想想自己過人的美貌會帶來什麼影響……我也是個十六歲的健康男性，看到她這樣的美女靠這麼近，還是會忍不住心跳加速。

這傢伙未來的丈夫每天都得在眾目睽睽之下受到這種對待嗎？心臟有幾百顆都不夠用吧。

不禁同情她未來的丈夫，並轉換話題。

「啊～……我等等可以先休息了吧？想專心讀史書。」

「——你在看的是雖然歷史不長，卻也是世上第一個達成天下統一壯舉的煌帝國衰亡史吧？在都城買的？」

「這份書卷太貴了，我買不起。是向明鈴千拜託萬拜託，請她暫時借我看的。之前曾在信上跟妳提過她吧？因為我碰巧救了被水賊攻擊的她，才會認識——……呃～白玲大小姐？」

一提到在都城受到對方不少照顧的那位大商人千金，氣氛就凝重了起來。

本來打算走來我們身旁的老大爺一察覺不對勁，便急忙退開。

白玲加強捉著領口的力道，直盯著我看。

我在她眼中看見嚴寒時分的暴風雪，渾身打起寒顫。

「……嗯，我當然知道。而且你還趁我不在的時候搶先一步上陣殺敵對吧？總之，你應該也休息夠了，我們接下來換練習弓術。之後還要訓練馬術。」

「咦？呃，我……」

「你應該沒有除了『是』以外的答案吧？……這位不遵守約定，一個月只寫一封信回來的食客先生？」

「唔！」

被她戳到痛處的我心虛得忍不住叫了出聲。

我環望四周，希望有人願意出手幫忙——然而只看見每一位士兵都笑嘻嘻的。看來是不用期待他們會幫我了。

於是閉上眼睛，舉起雙手。

「唉，好啦、好啦。我乖乖陪妳訓練就是了，滿意了吧？」

「你打從一開始就不需要做無謂的掙扎。我們走。」

「不、不要拉著我的領口啦！」

我在將軍與士兵們的訕笑環繞之下，與白玲並肩離開。

接著隨口問：

「……妳真的會把我送的髮繩跟花朵髮飾拿出來用吧？」

「——……等時候到了，我一定會拿出來用。」

「了解。」

乍聽之下很冷淡的語氣中暗藏些許害臊，這才讓我鬆了口氣。看來她很中意我送的禮物。

此時有一陣溫暖的春風吹過我們身旁，吹起了我的黑髮，也吹得她的銀髮隨風飄逸。

＊

『雙星離別。皇英斬巨岩，「天劍」予王英。』

當天夜晚。

我獨自坐在張家大宅寢室窗邊的椅子上，閱讀手上的《煌書》。

或許是因為剛才先去大宅裡的溫泉泡了一會兒，感覺白天累積的精神疲勞都得以緩解。不時吹來的晚風吹在身上也格外舒爽。大宅裡會有溫泉，是因為湖洲本來就有很多天然溫泉。

欣賞著映照在碗中茶水上的新月，細聲自語道：

「……這書卷上寫得真聳動。看見發生在自己身上的事情流傳後世的感覺真奇怪……」

我站起身，走到房內的全身鏡前照出自己現在的樣貌。

黑髮紅眼。還沒發育完全的纖瘦身軀。身上穿著黑底的浴袍。

我十年前在戰場上被老爹撿回來當養子。

也就是說，自從我差點高燒而亡，卻也因此重新找回前世記憶的那一天已經過了十年。

不過……其實那些前世記憶都不是很清晰，也完全沒有自己以前是「皇英峰」的感覺。

大多只是模糊想得起曾發生過哪些事，唯一可說是明確留到今生的，大概就是前世的武藝。

而且我現在想不起被老爹撿到當下的事情，只記得今生父母是商人，而我則是跟著他們四處遊走。

……老爹曾說我父母當時在敬陽郊外遭到盜匪殺害。

我拿起史書，再次坐回椅子上。

「不過……還真沒想到王英風真的依約替我們統一天下了。」

我的盟友似乎在前世的我離世之後成功說服皇上，在轉瞬間拿下了「燕國」與「齊國」。

『王英風屢攜「天劍」坐鎮千萬大軍之首，然「天劍」未曾出鞘。』

格外講義氣的確很像他會做的事。

……然而即使成功統一天下，第二代皇帝依然是個昏君。

他似乎為了玩樂而對人民課重稅，總是拿那些稅金不務正業。

王英風雖然勸諫過皇上，卻因此被冠上謀反嫌疑，打入牢中。

後來是在皇英峰死前幫助過他的那位「老桃」的守備隊長及時出手幫忙，才讓王英風驚險逃過慘遭斬首的命運——此時聽見走廊上傳來一道規律的腳步聲。

「我來了。」

是剛沐浴完畢，沒有用髮繩綁起頭髮的白玲。

她的髮絲還沒有全乾，淡藍色的睡袍底下可見尚未成熟的軀體。即使胸部不大，也難掩這身打扮確實有點煽情的事實。

我是不是該認真唸她幾句，要她別在晚上來男人的房間……

白玲絲毫沒有發現我的煩惱，就這麼理所當然似的走進我房間，坐上長椅。

——我們在十三歲以前睡同一間房。

所以她至今仍然習慣晚上在睡前先來找我聊上幾句話。

我揉了揉太陽穴，把桌上的一塊布丟給眼前這位姑娘。

「……頭髮不擦乾會感冒的。要喝茶嗎？」

白玲伸手接過布，蓋在自己頭上並接著說：

「喝一點就好，不然會睡不著。」

「我反而比較希望妳睡過頭，就不用一大早被妳叫醒了。」

我苦笑著把茶倒進罕見的玻璃杯內，走過去遞給她。

「……謝謝。」白玲小聲向我道謝，接過杯子。

我倚靠在燈火附近的柱子上，看向圓窗外頭。

天上有無數閃爍星辰——卻不見北方「雙星」。

喝茶喝到一半，白玲忽然開口。

「……你是不是覺得那邊——」

「嗯～？」

我看向銀髮姑娘，發現她正垂著頭。

疑惑地等待她把話說完……不久，她細聲問道：

「覺得待在都城比較開心？」

——她說的都城，是榮帝國首府「臨京」。

也是榮帝國在五十幾年前被玄帝國奪走大河北方領土之後，臨時選定的首府。

繁華的都城內設有無數條水路與橋，且可藉由大運河通往西北方的敬陽。據說人口至少有一百萬以上。

我仰望著天上新月，坦白自己的想法。

「待在都城可以感覺到全大陸的人、物品跟金錢都聚集在那裡，也可以看到來自東榮海的外國船入港。」

「…………你沒回答到我的問題。」

白玲不悅地看著我。

我放下茶碗，陷入沉思——接著很刻意地拍了一下雙手。

「喔！我知道了，白玲大小姐還在為我沒帶妳去都城這件事生悶氣啊——」

「你還是早點去死吧。不對，我會親手殺了你。準備好受死了嗎？」

她的回答讓我彷彿身處極寒之地。總覺得連同銀髮都隨著怒意輕輕飄了起來……

我怕得立刻支支吾吾地說：

「別、別這麼生氣啦。而且妳是張家下一代當家，講話這麼難聽不好吧……」

「我只會對你講話難聽……我才沒有生悶氣。也不在乎你打破我們約好要一同初上戰場的約定，更不覺得一個月只寫一封信的你是大騙子。真的……我真的沒在生悶氣！」

白玲說完便稍稍鼓起臉頰，把臉撇向一旁。

……本來還打算找個更好的機會送她禮物，看來只能先拿出來讓她消消氣了。

我抓抓臉頰，從放在房間角落的皮囊裡拿出一個布袋。

接著把它遞給正在生氣的姑娘。

「這給妳。」

「嗯？……這是？？」

銀髮美女解開布袋開口的繩子，從裡面拿出一個螺鈿裝飾的小盒子。

盒子的每一面都有極為精緻的花鳥雕刻。我輕揮著手向她說明：

「這種小盒子是都城那邊很受歡迎的舶來品。聽說是從東方島國傳進來的東西。它可以用來放妳的髮繩跟花朵髮飾。若妳不想用也——……」

我還沒說完，就不禁愣得停下嘴巴。

因為眼前這位自從分房睡以後就冷靜許多的貌美銀髮姑娘，竟忽然變得像小孩子一樣，一臉高興地看著手上的小盒子。

「——好漂亮。」

「……………」

我忍不住看得出神……就是拿她這種可愛的模樣沒辦法。

於是轉身面向旁邊，藉著加快講話的速度掩飾內心害臊。

「我之前會去都城是因為老爹要我去……但還是覺得敬陽待起來舒服！反正我也不打算考科舉，只想當個小城鎮的文官！」

在榮帝國裡，處理政務的文官明顯比上戰場賭命的武官更有權力。

而且只要考過名為「科舉」的官員選拔考試，未來一定能夠飛黃騰達。

雖然要考過科舉，才能在國家中樞當官……然而科舉考試必須付出一般人難以想像的努力飽讀詩書，才有辦法考過。我不可能有足夠才學考過科舉。

所以——只要成為小城文官就好，可以悠哉度日一輩子！

白玲小心翼翼地把小盒子收回布袋裡，仔細用繩子綁好袋口。接著輕聲笑道：

「實在很難想像你去當小城鎮的文官。哈啾！」

她打了一個很可愛的噴嚏之後，耳朵跟脖子都逐漸泛紅起來。我對她揮了揮手說：

「快回房吧。人在前線的老爹明天就要回來了，不是嗎？」

「……如果你要睡了，我就回房。」

「我還想再看一下史書——」「那我也不睡。」

指著才看到一半的《煌書》，卻立刻遭到白玲拒絕。她用抱在懷裡的枕頭遮住自己嘴邊。

這讓我不禁扶額，皺起眉頭。

「妳啊……好啦，我會乖乖去睡。」

「很好。」

看起來非常滿意的白玲很寶貝地拿著布袋，從椅子上站起身。

隨後踩著輕快腳步走來我身旁。

——她身上傳來一陣花香。

奇怪？好像跟我的床榻是一樣的味道？

雖然感到疑惑，我只問了一個跟味道無關的問題。

「妳應該能自己走回房間吧？」

「不要把我當小孩子。小心我踹你。」

「妳已經踹了啊！」

我躲過白玲在說要踹我之前就先踢過來的腳，目送她走到房外。

她腳步輕盈地走在走廊上——卻又立刻駐足。

「明天……」

「嗯？」

我出聲回應，等她繼續說下去。

白玲在吹拂著她那頭銀髮的晚風當中轉過身來，問道：

「明天爹回來了以後……要不要三個人一起騎馬踏踏青？我們很久沒一起出門了。」

「嗯？是可以……」「真的？」

「唔喔！」

白玲忽然像小時候那樣衝進我的懷裡。

——她的睡袍很薄，導致我可以清楚感受到胸前那兩座柔軟雙峰。

這位小公主絲毫沒發現我的不自在，滿是欣喜。

「呵呵呵♪你白天應該也看到我的馬術進步不少了吧！明天賽跑絕對不會輸給你。」

「……喔。總之——」

「嗯？怎麼了？？」

白玲一臉疑惑地凝視著我。

……她明明很聰明，怎麼會沒發現這麼簡單的事情？

我抓抓臉頰，無奈地向她解釋。

「妳先退開吧。就、就算妳的胸部不怎麼大……那個。」

「…………啊。」

眼前這位姑娘的白皙雙頰和肌膚很快就染上一片赤紅。

她接著用異常緩慢的動作退開，同手同腳地走往走廊。

然後在背對著我深呼吸數次過後——開口說：

「——……晚安。明天可別睡過頭了。」

「好，晚安。我不會睡過頭的。」

「……哼。」

白玲哼了一聲掩飾害臊，這才跨步離去。

在她走遠了以後——我回到房裡拿起《煌書》躺上床榻，滿懷期待地翻開書卷。

得仔細看看王英風後來怎麼樣了才行！

＊

「糟了！糟了！糟了！」

隔天早上。

我在大宅的走廊上狂奔。路上可以聽見外頭傳來民眾的歡笑聲及馬嘶。

因為老爹——一手攬下保衛榮帝國這份重責大任的護國神將張泰嵐回到敬陽了。

我這個借住張家的食客因為睡過頭沒加入歡迎他返鄉的行列，鐵定很不妙！

「而、而且這種大日子白玲偏偏沒來叫醒我……該不會是要報復我昨天害她難堪吧！」

我一邊抱怨，一邊儘快趕過去。

跑過照著老爹嗜好打造的牢固走廊，抵達簡樸的玄關，發現穿著軍袍的禮嚴正坐立難安地等著我前來。

「少爺！快點、快點！大家已經在整隊了！」

「啊，好！」

我對老大爺點點頭，急忙趕往屋外。

一走到外頭——就看見侍奉張家的所有人都在正門列隊等待老爹。

大家看起來很緊張，卻也明顯都很高興。

先不論住在臨京那些不清楚前線實情的人，住在湖洲的居民沒有人不感謝老爹總是替我們抵禦玄帝國的侵略。

我很為他感到驕傲。同時急忙站到穿著淡綠色底禮服的白玲身邊。

她今天用藍白相間的髮繩束起銀髮，瀏海上別著我送她的花朵髮飾。

白玲瞥了我一眼，冷冷說出一句話。

「……太慢了。」

「還、還不是因為妳沒來叫醒我。」

「…………唉。」

「怎、怎樣？」

美麗的銀髮姑娘伸出手，用她纖細的手指梳理我的黑髮。

某些侍奉張家的人對此不以為意，仍然吸引了衛兵們的目光。

「呃，喂。」

「不要動……頭髮翹成這樣很難看。我都特地把禮服放在你枕邊了，你竟然穿著平時穿的衣服過來……」

白玲不理會我的抗議，繼續整理我的頭髮。

……她該不會是想在大庭廣眾下做這種事，才刻意不叫醒我吧？

我只好忍受老大爺跟傭人們似乎是覺得我們很恩愛的眼光。此時，有匹黑馬駐足在大宅的正門前。

坐在上頭那位神情很有威嚴，還有一叢茂盛黑鬚的高大壯漢隨即下馬。

他腰上佩戴一把沒有多少裝飾的劍，身上鎧甲遍布傷痕。

他正是榮帝國內擁有「護國神將」美名的守護神——張泰嵐。

也是七年前成功抵禦玄帝國上一代皇帝生平最後一次大規模進犯的救國將領。

同時是白玲的親生父親，以及在戰場上把我撿回來當養子的救命恩人。

老爹把馬委由隨侍的士兵帶去馬廄後，便大步走過門口，走進大宅內。

他立刻發現我跟白玲也在場，出聲呼喚我們。

「喔！白玲！隻影！」

白玲這才終於收回她的手，轉身以優雅的動作朝老爹行禮。

「——爹，恭喜您平安歸來……呀！」

她還來不及說完，老爹就像抱著圓木一樣輕輕鬆鬆把自己女兒抱起來。

老爹收起原本散發威嚴的表情，大聲笑道：

「哈哈哈！妳好像又長高了一點吧？妳小時候吃得少，我跟妳過世的娘親每天都好擔心……

嗯、嗯！很好、很好。我猜應該是因為隻影回來了吧！」

「呃……爹，大、大家都在看啊！」

白玲忍不住向老爹抗議。

老爹先是放下女兒，讓她回到地上，才摸著自己的頭道歉。

「嗯？喔，抱歉、抱歉。我老改不了這習慣。原諒妳爹吧！」

「…………」

白玲看起來很難為情，完全不發一語，隨後瞪了我一眼。她似乎很不滿我沒有幫忙勸老爹。

我發現老大爺正用眼神示意我快跟老爹打招呼，從旁開口：

「老爹，恭喜您平安從前線返鄉。」

「嗯！臨京跟我嫂子怎麼樣了？」

這位功不可沒的將軍在放下愛女之後摸起鬍子，提出簡潔扼要的疑問。

「……太慢了。」白玲走到我背後，小聲抱怨了一句。之後恐怕麻煩了。

「伯母的訓練很嚴。都城也繁榮得令我大開眼界……只是——」

「只是？」

當今最無人能敵的神將，用他銳利的視線凝視著我。

——他那雙彷彿能看透一切的雙眼，讓我稍微想起了煌帝國第一代皇帝。

「沒什麼。我只是覺得還是敬陽待起來比較舒服。」

老爹在聽了這番話後開懷大笑。

他走到我面前，用他巨大的手拍了拍我的肩膀。

「哈哈哈！這樣啊、這樣啊！我明天過後必須跟其他將軍談些麻煩事，想在忙起來之前聽聽你去臨京遇到了哪些事情——禮嚴，我不在的這段期間過得還好嗎？」

「是！張大人，老夫很高興看見您平安返鄉。」

「沒什麼，我只是待在城裡跟敵軍大眼瞪小眼罷了。玄國皇帝是個行事異常謹慎的聰明人。七年前我們動員全軍乘勝追擊時，就是因為他代替猝死的前一代玄國皇帝指揮軍隊，才沒能成功反攻。他那時年僅十五，還是第一次上陣指揮。想必經過這七年，一定又更勝當時了——我們必須想辦法要求都城派兵支援。」

老爹離開我身邊，前去問候老大爺和其他人。

希望這樣就——白玲忽然拉了拉我的衣角。

認識多年，自然知道她的意思。她要我跟老爹提昨天說的「出遠門」……畢竟我也答應了。

我對受到熱烈歡迎的那位神將龐大的背影開口：

「呃～——……老爹。我有事情想拜託您。」

護國英雄立刻回過頭來。

「唔？怎麼了？有什麼——……喔！難道你也想跟白玲一樣被我抱得半天高嗎？……抱歉，我竟然沒發現你想撒嬌，就原諒我的粗心吧！來，儘管過來爹的懷裡——」

「不是、不是。我又不像某位小公主，沒有那種興趣——唔！」

「………」

我連忙否定，白玲卻用力捏了我的左手背。

於是一邊埋怨地看著白玲，一邊向老爹提議。

「要不要像以前一樣三個人一起騎馬出遠門？等您事情都忙完再去就好。」

神將睜大雙眼，顯得很驚訝——並立刻笑道：

「當然沒問題！我張泰嵐雖然不算年輕，但也還不到會輸給孩子們的年紀。你們跟我來，小心別跟丟了！」

＊

我一直到敬陽北方的無名山丘附近，才追上白玲與老爹的馬。

「隻影！我們在這裡。」

老爹揮舞著他強壯的左手，我點點頭，一邊安撫坐騎一邊加速趕過去。

我要坐騎停在白玲的漂亮白馬旁邊。她立刻不悅地說：

「……太慢了。你身體不舒服嗎？」

「我身體好得很。」

我在回答時聳了聳肩，瞇細雙眼。

或許還是別把護衛們騎馬跟在後面這件事說出口比較好。

在這裡可以看見遙遠前方有一整排灰色城牆。

——那裡就是榮帝國的最北邊。

據說在這附近的高處不只能看見玄帝國，還能看見敬陽西北方的貿易大國「西冬」。西冬是榮帝國長達百年的盟友。

老爹撫摸著坐騎，開口稱讚愛女。

「白玲，妳太厲害了！哈哈哈，真沒想到我會輸給女兒啊。」

「畢竟我也是有用心鍛鍊。您應該記得我先前曾在信上提到想參與殲滅盜匪，這下您也願意答應了吧？」

「嗯。我今晚會跟禮嚴談談。本來就覺得妳已經十六歲，也到該上戰場的年紀了。」

「唔！第一次上戰場就要殲滅盜匪……那我也去。」

「別擔心。我不需要你幫忙。」

她的語氣跟視線非常堅定。看來是不太可能說服她。

……可是，我認為她現在上戰場還有點太早了。

正當我在煩惱勸不了她時，老爹忽然看向遙遠北方的天際。

「距今五十餘年前——我們的祖父母與父母敗給了玄帝國鋪天蓋地的騎兵，失去北方領土。後來我國便在大河南岸建立城牆，持續防止他們再次入侵……但我們不能屈居於現狀。終有一日要見機出征北伐玄帝國。」

「北伐」——藉此奪走失去的大河北方領土，正是榮帝國的宿願。

不過，待在都城的那段時間讓我發現一件事。

享受繁華生活的都城居民絲毫不在乎外敵的存在，與總是在最前線抗戰的將軍、士兵和親身體會到敵國威脅的湖洲人民截然不同。

——此情此景就好比過去的煌帝國。

此時白玲冷靜提問：

「爹，其他前線的將領們是怎麼想的？」

「他們的想法和我一樣。不過……只憑我們湖洲人不可能湊到足夠資金、物資跟兵力。到頭來還是得看皇上怎麼做決定。宮裡好像也分成『北伐派』跟『維持現狀』兩個派系。」

……如果只是單純分成兩個派系倒還好。

問題在於有不少人是「寧可拋棄尊嚴談和的澈底反戰派」。老爹本來就很有威嚴的表情更增添了一份嚴肅。

「在戰場上繼承皇位的玄國皇帝——阿岱在和我國於大河對峙的同時，也不忘征討北方大草原的各個部族，而且屢戰屢勝，大幅拓展了玄帝國的領土。我還聽說他異常執著統一天下，想必會找機會進犯我國。」

我在都城聽過不少次阿岱這個名字。

「不乖乖聽話，小心白鬼阿岱會來找你喔！」

都城人民相當害怕那位異國皇帝，有許多父母會拿他的名字來嚇唬小孩。

老爹顯得鬥志十足，大聲咆哮道：

「不過——我們築起的城牆牢如鐵壁！情勢不會太快出現變化。」

「縱使阿岱不會立刻進攻，他底下的將領也是另當別論吧？我聽說『玄國四狼將』正在進犯各地。西冬似乎也在戒備……」

我不禁開口反駁，卻在途中發現白玲凝視著我的臉頰，於是閉上了嘴。

老爹摸起鬍子，拍打劍鞘。

「哦……隻影，原來你這麼熟悉當今情勢啊。果然適合當武官！」

「我、我只是在都城小有耳聞罷了。」

「哈哈哈，你隨時可以回心轉意——那傢伙底下的確有四名武力高強的將領。我先前就曾在戰場上與『赤狼』阮古頤正面交鋒。他是個會屢次勇敢進攻的用戟高手，相當棘手。那身手實在令我過目難忘。」

「……唔！」

白玲緊咬嘴唇。

現在的榮帝國疏於整軍，正面臨逐漸缺乏兵力的窘境。然而玄帝國卻擁有相當強大的軍隊。單是一名「四狼將」率領的部隊，就幾乎足以匹敵整個「張家軍」。

老爹拉動韁繩，要坐騎回頭。

「但我聽說阮古頤觸怒了阿岱，已經回去他們的故國『燕國』所在的北方大草原了。你們無須擔心。」

我曾在都城聽明鈴提過這件事。

可是……聽說阿岱在玄帝國內被人民視作神仙下凡，他會是那麼小心眼的人嗎？我不經意回頭一望，看見那些前來護衛的騎兵們仍待在遠方。

老爹應該也發現有護衛跟著了。他開口吩咐我們今後該怎麼做。

「我們還是在日落前回家吧。白玲，我准許妳去攻打盜匪，但妳也別急著建功！先花費幾天時間整軍，再帶著隻影——」

「駕！」

然而白玲沒有附和老爹的吩咐，而是拉動韁繩駕馬離去。

她的銀髮隨風飄逸，身影在轉瞬間變小許多。

老爹難得嘆了口氣，苦笑道：

「真傷腦筋。她跟她娘一樣固執啊……或許我不該聽嫂子的建議，只讓你一個人去都城。沒想到你竟然會碰巧從水賊手中救下最近崛起的王氏商會千金，經歷人生第一場實戰……白玲大概是不想輸給你，才會如此心急吧。她異常害怕跟不上你的腳步。」

「……怎麼可能？」

「是真的。我觀察過形形色色的人，你不相信我的眼力嗎？」

我無法反駁救命恩人相當有分量的這番話。

……總之，還是得想辦法協助她征討盜匪。

不曉得老爹是怎麼看待我這份沉默，他臉上露出笑容。

「無妨，這不重要。先回家吧！我很期待跟你聊聊在都城遇到了哪些事情喔。」

＊

「那麼，我要出發了。白玲，我確實准許妳去殲滅盜匪，可是……」

「您別擔心，我不會太冒險。畢竟我不像某個自稱要當文官的人那麼魯莽。」

我們三人一同騎馬散心幾天後的早晨。

張家大宅門口，穿著禮服的老爹正騎著馬，準備前去和各個將領討論要事。他在馬上對身穿軍袍的愛女提起已經提過無數次的叮囑。

昨晚曾嘗試婉轉說服白玲……她仍然堅持不讓我同行。

雖然或許是我過分擔心了，但還是不放心。

我知道乍看冷靜的白玲一樣流著張家衝動好戰的血。

老爹也一臉擔憂地看著我。

「……隻影，萬一出了什麼事——」

「我會馬上稟報給您。」

「拜託你了。」

老爹神情凝重地點頭，便駕馬離開。他身後還跟著一支由訓練最精良的士兵組成的護衛隊。

白玲在目送他們離開過後，立刻回頭走往大宅內。

她一走進宅裡，便以平靜語氣說道：

「我也會馬上出發。應該傍晚前就能處理完畢。」

「——雪姬。」

我不小心叫了她的乳名。白玲停下腳步，與我四目相交。

蒼藍雙眸當中蘊含堅定的意志。

「你再怎麼勸我也沒用。我白玲是張家之女，不可能眼睜睜看著人民飽受盜匪之苦。還有，不准跟過來……別因為自己先接觸過實戰，就把我當小孩子。」

說完，白玲便往馬廄走去。

我不禁扶額，向剛好走來的禮嚴確認是否已經準備妥當。

「……老大爺，準備得應該夠周全吧？」

「白玲大人身邊會有百位騎兵精銳隨行。我們事前派人勘察盜匪根據地，發現盜匪人數不足二十。而且老夫也照著少爺的吩咐安排了另一支部隊在後方待命，還請您放心。」

「這樣啊……也是呢。」

我仰望萬里無雲的藍天。看來也不必擔心天公不作美。

已經盡可能避免萬一了，白玲自己也有足夠身手應戰。

她一定能夠順利打完人生第一場仗，晚上還會來拚命誇耀自己有多厲害——

畢竟張白玲可是個怕寂寞到只因為去都城的青梅竹馬少寫幾封信，就會鬧起彆扭的女人。

然而在我才剛吃完午飯不久，就傳來意外消息。

在外頭閱讀史書時，忽然聽見院子裡傳來木柴斷裂的劈啪聲響，隨後——

「危、危險！」「快、快捉住牠！」「那是白玲大人的？」

傭人們的叫喊響遍整座大宅。

我把書卷放到桌上，一站起身——

「哇！」

就有一匹漂亮白馬朝著我奔馳而來。牠看起來很激動。

「你……是白玲的『月影』？她沒騎著你出去嗎？唔喔。」

白馬直直凝視著我，還咬了我的衣袖似乎想表達什麼。這實在不太尋常。

該不會是白玲出事了吧——聽見附近傳來倉皇的腳步聲，隨後便看見禮嚴面色鐵青地趕來，身邊還跟著一位左手臂纏有染血布條的男兵。他是前幾天在訓練場負責裁定勝負的青年隊長。

老大爺一看到我便大聲喊道：

「少爺！白玲大人……白玲大人出事了！」

「——禮嚴，先冷靜點。」

「「唔！」」

我這聲冷靜的命令，使得老大爺與士兵都倒抽一口氣。

期間我拿了一塊布擦拭白馬的頸部並問道：

「發生什麼事了？」

「快向少爺報告，記得長話短說。」

「啊……是！」

渾身發抖的青年隊長著急地解釋起來龍去脈。

「……原來如此。你們前往被盜匪當作根據地的廢城寨路上沒有異樣，一進到廢城寨，才發現盜匪早就被殺光了。隨後就遭到大約兩百名躲在山丘後頭的騎兵團團包圍，張家軍的馬也大多被傷得無法動彈。所以你跟其他幾位士兵才會逃回來求救，是嗎？」

「……是！是屬下無能，才會招致如此慘況！」

青年隊長或許是誤會我在斥責他，立刻磕頭謝罪。

張家大本營——敬陽附近竟會出現兩百名來歷不明的騎兵。看來對方不是單純的盜匪。

青年隊長懊悔得痛哭流涕，我蹲下來輕拍他的肩膀。

「感謝你回來知會我們——老大爺，對方絕對不是單純的盜匪。我們不快點想想辦法，還在當地的白玲和士兵們就危險了。」

「您說得對！可、可是，那些來歷不明的騎兵……」

「先別管那些複雜的問題了。麻煩你指揮我要你安排的支援部隊。我先過去查看白玲他們的情況。」

我拿起事先立在椅子旁以防萬一的一把劍。

它雖然是把無名劍，卻也相當牢固與厚實。我還不夠強壯，無法在馬上拿著兩把劍戰鬥。

我跨上由傭人在我們談話時備好馬鞍的白馬。身經百戰的禮嚴面露難色。

「少爺！」

「別擔心。我熟悉打鬥多過文官工作——還有啊……」

我向禮嚴簡短解釋計策。

「隻影大人！弓和箭筒在這裡！」

我接過白玲那位有著一頭及肩褐髮的隨侍年輕女官——朝霞遞上來的弓和箭筒。

她和我一樣反對白玲征討盜匪，所以沒有加入征討隊伍，然而她也已經穿上輕型甲冑，佩著一把外觀簡樸的劍。侍奉張家的人不論男女，都願意在危急時刻親赴戰場。

一旁的老將在宅內喧囂當中凝視著我——並拍胸脯保證：

「包在老夫身上。我禮嚴絕對不會出差錯！」

「拜託你了。也記得派快馬稟報老爹。庭破，你負責幫老大爺他們帶路。」

「啊！您、您怎麼知道屬下的名字……？」

青年隊長表示不解，愣得雙眼圓睜。

我露出苦笑，閉起一隻眼睛說：

「我記得張家所有人的名字，更何況你是老大爺的遠親。麻煩你了！」

「遵、遵命！」

「很好！——各位，你們無須擔心！我一定會救回白玲！留在大宅裡的人先幫忙準備好飯和熱湯，還要準備治療傷患。」

「唔！遵命！」

原本正在待命的傭人們立刻飛奔離去。

「麻煩你助我一臂之力了。」我撫摸著白馬的脖子說道。牠也發出了尖銳的嘶鳴聲。

從院子走往大宅前的路時——

「少爺！」

突然聽見背後傳來禮嚴的呼喚。

一回過頭，就看見他頂著一頭亂糟糟的白髮，神情迫切地大喊：

「請您……請您務必小心為上！要是您出了什麼事……」

「別擔心。我就是要死，也會死在床榻上。」

「隻影大人！」

我背對著禮嚴舉起左手，並用腳催促白馬立刻跨步奔馳。

一邊看著走在路上的民眾急忙退開，一邊自言自語。

「這個小公主也真是的。要是妳死了，晚上就沒人會來找我聊天了啊！」

＊

「唔！」

敬陽西方大草原某處小山丘上的廢城寨。

我——張白玲在石牆後面射出的箭朝著敵方莽撞衝來的騎兵飛去，射穿了他的手臂，阻止他繼續前進。

「大夥們！你們怎麼好意思讓白玲大人獨自應戰！快加把勁反擊！」

「是！」

在老兵強而有力的訓斥之下，其他士兵隨即接連射出箭矢。

然而他們射出的箭，全被其他移動到最前頭的騎兵用皮革盾牌擋下，一騎都沒打倒。

甚至連剛才被我射中的騎兵都沒有落馬，而是自行退到後方。

實在難以置信能把騎兵訓練得如此精良。

「果然……不是單純的盜匪嗎？難不成是玄帝國的斥候？」

心裡瞬間湧上一股恐懼，使我嘴巴顫抖得幾乎能夠聽見牙齒的聲響。

我嘗試用右手制止左手的顫抖，穩住手上的弓。不能讓其他正在奮力抵擋敵人的士兵們察覺到我的害怕，否則會削弱我方士氣。

不過……雖然我們有占據高處與石牆的地利優勢，卻也不改情勢正在逐漸惡化。

我咬緊滲出血味的嘴唇，訓斥自己。

白玲，妳得要有點骨氣！現在不是顧著害怕的時候啊！

而且妳是張泰嵐之女——……忽然想起隻影那難以看出內心想法的臉龐，差點流下眼淚。

原來我沒有隻影陪著，會是如此懦弱…………

為此大受打擊時，其他士兵們依然拚死放箭阻止敵方騎兵接近，並朝著我大喊。每個人都受傷了，臉上也看得出不惜犧牲性命的決心。

「白玲大人！」「我們會幫您殺出一條血路！」「白玲大人，您快逃！」「要是害您死在這裡，我們就沒臉回去見張將軍跟少爺了！」「請您快逃吧！」

——我感覺受到輕型甲冑包裹的胸口傳出一陣猶如刀割的劇痛。

廢城寨周遭是片寬敞的草原，視野非常良好。

卻也存在些許地勢起伏……我竟然沒注意到山丘後面躲著人數多於我軍且來歷不明的大軍。甚至還讓他們成功展開奇襲，將我們團團包圍。這是我這個指揮官的疏忽。

這份疏忽招致我們遭到無數箭矢攻擊，損失大半軍馬。

只能把僅存的幾匹軍馬派回去求援……不曉得會有幾匹能夠抵達敬陽。

而我不成熟的判斷，使得我方上百兵士被迫面臨生死危機。

我咬緊牙根，朝著比剛才更接近的敵方騎兵射出箭矢，向張家士兵們道謝。

「謝謝你們——可是……」

我繼續射箭，射穿躲過了第一箭的騎兵腿部，成功逼迫對方落馬。

「徒步無法逃過他們的追擊。這些騎兵明顯想要我們全軍覆沒……我必須向你們道歉，是我一時疏忽，才會害了你們。」

「………」

周遭士兵們倒抽一口氣，手上的弓與長槍也隨之輕輕晃動。

我們剩下的箭不多了。

「不過！」

我在敵軍箭矢受到石牆彈開的聲響下，向大家表明決心。

「我張泰嵐之女與其受人羞辱，寧可一死。屆時希望你們可以多爭取些時間。還有——」

敵軍中央一名紅髮赤鬚的男子高舉手上綁著深紅色繩子的長槍。

騎兵們隨之拔出半弧形的彎刀。他們打算展開突擊。

「榮帝國裡能夠碰我身體的男人除了血親以外，就只有一個人……你們可要幫我保密喔。」

「唔！」

士兵們睜大雙眼，頓時啞口無言。

隨後——大家接連笑道：

「這……」「那我們就更不能害白玲大人死在這裡了！」「就是說啊！」「不然那個人一定會恨死我們。」「少爺也真是個罪孽深重的男人啊！」看來他們的士氣稍稍恢復了一點。

我輕聲竊笑，接著下達命令。

「他們要來了。把箭射光的人拿起其他武器準備迎擊！」

「是！」

士兵們舉起長槍，拔出長劍，連傷兵都拿出了短劍。

不久，敵方指揮官忽然大聲咆哮。

「殺光他們！」

「殺！殺！殺！」

大批敵方騎兵開始疾馳，在後方無數箭矢的掩護下迎面而來。

我立刻發號施令。

「用不著堅持打倒敵人！只要能讓他們因傷撤退，就能削弱攻勢——」

「白玲大人！敵人分散了！」

眼前的大批騎兵以無比流暢的動作分散成好幾個部隊。

這使得我方射出的箭矢被迫分成好幾個方向，無法有效傷害敵人，也讓敵人趁隙大幅逼近。

「唔！」

我也朝著已經來到廢城寨旁的騎兵射出箭。

然而——他們用盾牌擋下箭矢，順利闖進廢城寨。

「殺！」

騎兵跳過石牆，用彎刀砍斷我拿來抵擋攻擊的弓，於是我只好滾向一旁，拔出腰上的劍。

二、三、四——我勉強架開四名騎兵的攻擊——

「呀！」

最終被第五名騎兵用長槍打飛手上的劍。

周遭的士兵們也在英勇奮戰。

「白玲大人！！！！」

他們嘗試過來救我，卻遭到敵軍擋下每一劍。

得知己方占了上風的敵軍臉上顯露滿是愉悅的邪惡笑容。

敵軍的皮膚稍嫌黝黑，髮色相當明亮。

對方顯然……不是榮帝國的人民。

我忍著淚水握起短劍劍柄，細聲呼喚某人的名字。

「——……隻影。」

騎兵將長槍刺向我，似乎想對我說什麼——

「嘎唔！」

「…………咦？」

卻突然中箭落馬，被射穿脖子的那支箭奪走性命。

還沒搞懂究竟是怎麼回事，就看見來自廢城寨外的一陣箭雨落在本以為勝券在握的敵軍騎兵身上，毫不留情地貫穿了他們的額頭、頸部或心臟。

發、發生什麼事了……此時，突然有一支箭插進附近的牆上。

我踩著踉蹌的腳步湊近一看，發現上頭綁著一張紙條。

——怦咚。

心臟跳了好大一下。

急忙把紙條拆下來看，便發現上頭是我最熟悉——甚至比爹的字還要熟悉的字跡。

『我會帶老大爺跟朝霞過來救你們，撐著點。今晚回去要訓妳一頓！』

心裡頓時湧現一股勇氣……這個傻瓜。

我撿起掉在地上的長槍，提振張家軍的士氣。

「各位！再撐著點！他們——禮嚴他們很快就會來了！」

「喔喔喔喔！！！！！」

和我一樣倍感困惑的士兵們隨即歡欣鼓舞，打退倖存的敵方騎兵。

——很好。這樣一來，我們一定有辦法撐到他們過來！

才剛重拾鬥志，就聽見一道嗓音響徹整座戰場。

「大膽匪徒！聽好！吾乃『護國神將』張泰嵐之子，張隻影！！！！假若你們有自信取下我的首級——就來試試看吧！！！！！」

「唔！」

廢城寨內的士兵們訝異得不禁面面相覷，接連望向聲音傳來的方向。

敵方騎兵大軍後頭山丘上有一名黑髮少年正駕著白馬，高舉手上弓箭。

我們尚未脫離險境。可是我卻阻止不了席捲而來的這份安心。

當然還是很氣他竟然毫不猶豫地自報名號——輕易拿自己的性命引誘敵人，但這份怒火很快就被波濤洶湧的喜悅沖刷殆盡。

他一定是看我個性倔強，才會擔心得事先做好準備，方便隨時過來搭救我們。

隻影總是這麼為我著想——他一騎著白馬離開，負責偵察敵情的年輕女性士兵便大喊：

「報告！約半數敵軍前去追趕隻影大人了！」

「唔！」

我使勁握緊拳頭。

——傻瓜，隻影這個大傻瓜！晚點回去我一定要多唸你幾句！

我拍打雙頰，對士兵們發號施令。

「各位，拿起你們的武器！我們得撐到援軍過來助陣！」

＊

我騎著白馬，引走半數原本圍繞在廢城寨外圍的騎兵。

那群明顯訓練精良的騎兵正緊跟在後。

他們手上的彎刀和長槍似乎不是榮帝國之物……卻也看不出來自何處。

騎兵人數近百。我不想與他們正面交鋒。

——不過……

「要是連青梅竹馬兼救命恩人的命都救不了，就不配當男人了。」

我在自言自語的同時拿起三支箭，轉身面向後方。

「呃！」

最前面三名騎兵的肩膀遭到射穿，摔落馬下。

雖技術仍遠遠不及朦朧記憶中的「皇英峰」——也足以應付他們了！

我接連射出箭矢，儘量逼迫更多騎兵落馬。

而我駕馭的這匹白馬也展現了牠的好腳力，不讓敵人追上——

「喔？」

敵人開始分頭行動，各自展開突擊。

一般必須信任每位士兵的能耐，才能採取如此臨機應變的戰術。看來敵方指揮官挺厲害的。

不過，我只需要射下接近我的敵人——

「……沒了啊。」

裝滿整個箭筒的箭已經一支不剩。

敵方率領騎兵的紅鬚將領用他纏著紅布的長槍指向我。

「那傢伙把箭射光了！殺了他！」

「是！！！！！」

敵方騎兵舉起手中彎刀，加速追趕。

我駕著的白馬或許也累了，和敵軍之間的距離正在逐漸縮短。

於是立即決定拋下弓與箭筒，要白馬轉往其他方向。

同時拔出腰上的劍，向跑在敵軍最前面的兩名騎兵疾馳而去。

「「殺！」」

認為我必死無疑的兩名男子臉上浮現殘虐笑容。

朝我揮來的彎刀刀身閃過一道白光——

「唔！？！！」

我在雙方交會的瞬間砍向他們的身軀！

頓時血沫橫飛，兩名騎兵還來不及得知自己為何受傷，便就此命喪劍下。

「啊！」

敵軍逐漸放緩速度，我則是拉動白馬的韁繩，與敵方將領四目相交。

他的眼神銳利如狼，使我不禁寒毛直豎。

——……這傢伙的實力絕對不容小覷！

敵方將領身旁的老騎兵正在小聲與他交談。我觀察他們的嘴唇，推測談話內容。

「阮大人——」

唔！他該不會是……玄國四狼將之一，「赤狼」吧！

他們是怎麼闖過大河，以及老爹他們建立的城牆和要塞的？

不對，重點是這些傢伙怎麼會出現在這種地方？

我小心避免把驚訝顯露在臉上，重新拿好手裡的劍，要白馬停下腳步。

「抱歉，剛才是故意騙你們的。」

「……什麼？」

敵方將領看著我的那雙眼盡顯狐疑。

騎兵人數僅剩五十人前後。

而我手上的劍已幾乎不堪使用。

……前世也經常有這樣的情況。沒有多少劍能夠承受我的力氣。

閉上一隻眼睛，聳了聳肩。

「我的名字就叫隻影，不是張家的人。只是認為你們——玄帝國的騎兵老是被張將軍打得滿地找牙，假裝自己是張家人或許能引你們上鉤。」

「…………」

敵方將領沉默不語……看來我猜對了。

於是決定直接提問。

「喂……你們是怎麼跨過大河的？張家軍建立的防線可說是天衣無縫，頂多不小心讓幾名玄國士兵闖進來，不可能沒注意到多達數百人的大軍，何況你們還是騎兵。喔，對，我知道你們是繞遠路進來的。別名『赤狼』的阮將軍，你就行行好，告訴我你們是從哪裡來的吧？」

「——不准再失手，殺了他。」**「是！！！！！」**

最前排的敵方騎兵立刻附和將軍的簡短命令，駕馬狂奔而來。

其數為五。我也立刻催促白馬前進——

「嘿。」

彈開最前面那位槍騎兵的刺擊，順勢用劍劃過他的身軀。

感覺到劍身開始發出哀鳴，便搶過對方的長槍，扔向試圖從旁攻擊的弓騎兵。

「看招！」

「唔！」

我一邊看著長槍輕鬆貫穿皮革鎧甲，一邊與衝來面前的彎刀騎兵短兵相接。

——一陣清脆的金屬聲響過後，我猛力一揮，將敵人的彎刀與軀體一刀兩斷。

剩下兩名騎兵從左右兩旁展開夾擊，然而——

「「～～唔！」」

我搶先往左右兩邊各揮一劍。因此落馬的騎兵就這麼癱倒在地，一動也不動。

「去死吧！！！！」「誰要送死啊！」

我與在五名騎兵陣亡過後進攻的敵方將領數度交會，每一次交會皆是一陣刀刃交鋒。

他的每一擊都沉重得足以令手臂發麻。這傢伙……比預料得還要更強！

「你挺厲害的嘛！小猛虎！」

這次交戰意外演變成一對一對決。擁有紅鬚的敵方將領一手敦促坐騎回過頭，同時大喊！

我也一樣要白馬回頭，並開口調侃他。

「你倒是沒有我想像中厲害啊！」

「還真敢說啊！就把你的首級帶去給剛才那位小姑娘吧！之後再把那位小姑娘帶回去好好玩

弄一番！」

「我絕對不會讓你得逞！」

我們繼續駕馬衝向彼此——劍與長槍在強烈碰撞之下，產生耀眼火光。

我用劍彈開他試圖刺穿我頸部的長槍，使得劍刃應聲斷裂。

斷裂的半截劍刃劃過我的視野彈往高空。敵方將領揚起嘴角，露出醜陋的殘虐笑容。

隨後——我的身體下意識動了起來。

用斷劍猛力砍向槍柄，再拔出腰上短劍刺向對方的脖子。

「什麼！？！！！」

身手不凡的武將扭身躲過這一擊，駕馬拉開與我之間的距離。

——我的軍袍遭到濺出的鮮血染紅。

敵方將領在屬下們的環繞下摸了摸自己的左臉。他的左臉——多了一道相當深的傷口。

他訝異得兩眼圓睜。我輕輕一笑。

「真抱歉，我的劍術——」「放、放箭！」

阮將軍身旁的老兵一聲令下，敵方騎兵開始朝我射出箭矢。

我用斷劍和短劍彈開飛來的十幾支箭矢——

「其實比弓術還要更強！」

露出無所畏懼的笑容。敵軍眼中透露出恐懼，老騎兵也放聲哀號。

「竟然能夠做到如此人馬合一的境界，甚至隻身撂倒擁有北方戰狼血脈的我們……簡直……簡直是古代英雄『皇不敗』再世啊！」

——風又捎來一陣土壤受到踩踏的味道。我故意裝腔作勢嚇唬他們。

「哼哼哼……你們眼睛還真利啊。沒錯，我正是煌帝國大將軍皇英峰再世。假如你們有人不要命，就儘管來吧！」

「～～唔！」

敵方騎兵明顯亂了陣腳，他們的坐騎也激動得發出嘶鳴。

……再繼續打下去，死的會是我吧。

左臉流著鮮血的敵方將領高舉手上長槍。長槍上的紅布隨風擺盪。

「——莫慌！英雄皇不敗早在千年前死了。」

他果然是個厲害的將軍，這麼快就冷靜下來了。我吐出舌頭笑道：

「看來這招嚇唬不了你啊……不過——」

我用斷劍指著敵軍身後的山丘。

那裡的景象足以讓他們顯露今天最大的驚慌。

「這場賭局是我贏了。」

——『**張**』。

山丘上可見金邊的軍旗飄揚，以及隊伍整齊劃一的大批騎兵。周遭還揚起大片沙塵。

我抓準大好機會，出言威脅敵軍。

「看吧看吧，讓你們懼怕的張泰嵐來了。不趕快回國，小心被他們殺個片甲不留喔。你們要是死了，就沒辦法帶好不容易得到的寶貴情報回去。所以……現在想怎麼辦呢？？」

「…………」

阮將軍面無表情地敦促坐騎回頭。

隨後便有一道號角聲響徹整座戰場，促使騎兵們井然有序地朝著「西北方」撤退。

……看來是勉強度過這次危機了。

我感覺全身都放鬆下來，但還是不敢掉以輕心。殿後的敵方將領在山丘上回過頭來大喊：

「**張隻影！！！！！**」

他的嘶吼震耳欲聾。雖然我剛才喊得也不算小聲，但他這一聲咆哮簡直有如野獸。

隨後用綁著深紅色繩子的長槍直指著我。

「你的名字——我不會忘記！下次一定會拿著戟來取下你的項上人頭！！！！」

他在單方面宣告會來取我性命之後，便消失在山丘後頭。看來他也沒有發揮全力。

「……我可不想再遇到你了。」

我看向右手握著的斷劍，皺起眉頭。這把劍雖然無名，卻也是把堅固的好劍。看來得託人在都城的明鈴幫我找一把不會斷掉的劍了。但也不至於要她幫我找到「天劍」。對了，還要看看敵軍用的武器才行。假如這些武器來自「西冬」……

我一邊這麼想，一邊撫摸白馬的脖子向牠道謝。同時，張家騎兵忽然快速策馬過來。人數並不多，大約五十人。

而在最前面率領騎兵的，正是——

「少爺！」

「老大爺，來的時機恰到好處。謝謝你們。」

「謝少爺！」

張家騎兵背後都拖著樹枝。就是這些樹枝揚起了剛才的大片沙塵。

其實並不是多高明的計策……幸好老爹威震八方，才嚇唬得了他們。

我立刻對老大爺他們下達新一道命令，掩飾內心害臊。

「得快點去找白玲他們。如果動作夠快——就可以多拿下一些戰功了。」

一抵達廢城寨，發現裡頭早已沒有任何交戰聲響。

我將白馬委由眼神看來莫名尊敬我的庭破看管，走進城寨。

隨後——就看見擁有一頭長長銀髮的姑娘垂首坐在石頭上。待在附近的朝霞則是顯得坐立難安。她身上的輕型甲冑沾上不少血，應該是打倒了不少敵人。

我用眼神向這名隨侍女官示意，要她先離開，接著盡可能以一如往常的語氣對白玲說：

「嘿，妳沒受傷吧？」

「……沒有，因為——……大家都捨身保護我。」

「這樣啊。」

周遭雖然沒有屍體，但牆上和地面滿是血跡。

第一次上陣就這麼血沫橫飛，也難怪她會感到沮喪。

我單膝跪地，握起眼前這位姑娘緊緊握著的拳頭，呼喚她的名字。

「白玲。」

她抬起頭，藍色雙眸底下盡是淚痕。

這場原本可能全軍覆沒的激戰，最終只帶走幾名士兵的性命。

這得多虧士兵們英勇奮戰，以及——白玲的努力。

這傢伙不只擁有強大的武術天分，也擁有擔任指揮官的才能。

——……然而，問題在於她的個性有點太過溫柔。

「妳這樣哭喪著臉，士兵們也會跟著沮喪起來喔。妳已經盡力了。」

白玲眼角隨即泛出大粒淚珠。

然後雙手握拳，敲打我的胸口。

「可是！……可是，那我又該怎麼…………怎麼發洩心裡這份無奈！」

「……妳真的總是在奇怪的地方少根筋耶。」

「…………你說什麼？」

她一邊拭淚，一邊瞪著我。

我從懷裡拿出一條白布替她擦拭眼角，閉起一隻眼說道：

「我就是為此存在的，不是嗎？」

白玲眨了眨她那雙圓滾滾的大眼——

「……唉。真受不了你……」

她用白布蓋住臉，仰望天空。西沉的太陽訴說著夜晚的腳步逐漸逼近。

不趕快回去，老爹一定會很擔心我們——仍然坐在大石上的白玲朝我伸出左手。

「——手。」

「嗯？」

我還沒搞懂白玲的意思，便直接站起身。

剛才騎的那匹白馬踩著響亮的馬蹄聲前來，在看到牠的主人後高興地甩了甩尾巴。

白玲解開髮繩，以些微看得出想要撒嬌的表情對我要求：

「……我腳在發抖，沒辦法自己騎馬。你得帶我回去敬陽。畢竟你擅自騎著我的馬亂跑，載我一程也是應該的吧？」

「……呃……」

「還是你要我請爹安排你當武官？」

「唔！」

她用我最不希望發生的事情來威脅，讓我不禁摀起胸口。

在短暫煩惱過後——我把白玲抱上馬，再跨坐到她後面。

「…………這樣妳滿意了嗎？」

「非常滿意。對了……隻影。」

「？」

「…………謝謝你，特地趕來救我…………」

白玲小聲說完便閉上眼睛，安心打起瞌睡。

我輕輕擦拭白玲臉上的髒汙，同時思考這一戰的可疑之處。

——玄帝國以未知的手法前來我國偵察敵情。而率領著他們的，又是理應不可能出現在這裡的「赤狼」。

不曉得老爹知道之後會做何感想。

「或許不久後得回去臨京一趟了……」

我摟著睡著的白玲的腰，避免她摔落馬下，並仰望南方的天空。

第二章

「嗯～……天氣真好……看來應該能準時抵達。」

我坐在拿來甲板上放著的椅子上自言自語，並仰望天上自在飛翔的鳥兒。迎面吹來的風非常涼爽。

我搭的這艘船正朝著榮帝國首府臨京前進，途中沒遇到任何麻煩。

據說這條彷彿巨龍，還將廣大土地分為南北兩側的大運河是在煌帝國晚期擬定建造計畫，後來又費時二十年打造而成。巨大的程度很難想像是由人力建造的。

我跟白玲合力打退玄帝國斥候部隊已是半個月前的事情。

老爹認為事態極為嚴重，決定親自前往都城報告此事，並繼續要求加派援軍。而我跟白玲也受命隨行。

——除了我們之外，還有最優秀的精兵三千人。

我當然有向老爹警告撤走前線部隊可能帶來的危險……

「老宰相要求我們帶兵赴京。皇上似乎想視察張家軍的實力，順道進行演習。他們當初可是要求我們帶一萬兵力呢……而且你們在戰場撿到老舊的西冬武器跟防具，雖然證據不夠充分，但以防萬一，還是得和他們談談怎麼調查『西冬』的動向。」

政治問題自古以來都是個棘手難題。

然而，一艘船載著三千大軍必定會被敵軍發現。

所以半數以上的張家軍分成多組人馬，提早出發。最後會在臨京郊外會合。

我們起初也是打算騎馬前往臨京，不過……

「唔喔！」

強風吹動巨大船帆，使得整艘船劇烈晃動。

船帆上寫著大大的「王」字。

沒錯，這艘船正是最近在臨京愈來愈出名的新興大商家——王家的船。我們是基於某人的好意，才能順便搭上這艘剛載了一批糧食到敬陽，正準備返京的船。

拿出夾在書中的紙，陷入沉思。

『我在臨京等你。你的明鈴敬啟。』

……那傢伙到底是怎麼知道我們要去臨京的？

腦袋裡浮現當初在大運河上的第一場實戰，順道救下的那位姑娘淘氣的面容，忍不住摀住額頭。我是很感謝她這份好意……但欠下這份人情，或許會衍生一些麻煩。

反正，不曾搭過船的白玲——

「我其實不介意騎馬——……但我也可以搭這艘船嗎？」

知道可以搭船時雙眼閃閃發亮，看起來很高興，就別想那麼多了吧。

我看了看附近搭著小船捕魚的幾位漁民，繼續看自己手上的書。

『皇帝駕崩。王英亦逝於輔佐幼帝十餘年後。爾後無人知曉「天劍」下落。』

第二代皇帝在王英風剛被「老桃」的守備隊長救出不久後莫名驟逝——之後則由年幼的第三代皇帝即位。

——我的盟友在後來的二十年歲月當中——

一手包辦煌帝國重要政務，策劃打造大運河，並在完成所有要事之後將地位、領土與金錢上繳給順利成長為賢君的第三代皇帝。

據說他只帶著真正頌揚為「天劍」的兩把劍和妻子離開，沒有人知道他們去了哪裡……真像那傢伙會做的事情。

正當我沉浸在過去的途中，忽然有人拉了拉我左邊的衣袖。

「——欸，欸。」

「嗯？怎麼了？」

本來一直像個純真小孩般欣賞遠處風景的白玲，忽然一臉不安地來和我說話。

她今天穿著淡藍色底的衣服，腰上沒有佩劍。

隨後——水裡忽然有一隻擁有細長嘴巴，外皮看起來很光滑的動物跳出水面。牠似乎是出於好玩，而跟著我們搭的這艘船一同前進。

白玲遠離船邊躲到我身後，接著語氣凝重地問道：

「……你看到了嗎？」

「嗯？……看到什麼？」

我無法理解她為什麼這麼問，只能直盯著那雙蒼藍眼眸。

不曉得白玲是不是很介意船員和朝霞的眼光，她立刻撥弄起自己的瀏海，撇開視線，改在我耳邊細語。她的語氣非常認真。

「（剛、剛才那是什麼？我、我從來沒見過那麼怪的魚。而、而且牠一直跟著這艘船，會、會不會是某種妖怪……？）」

我這顆只有這種時候特別靈光的腦袋瞬間得出了答案。

張白玲從小到大都沒離開過敬陽，見識自然也不多！

所以她不知道河裡有一種罕見的動物——「海豚」，也不知道「海豚會帶來好運」的傳說。

……其實我半年前也曾問過一樣的問題，當時是明鈴身邊一位博學多聞的隨從告訴我的。

不過！我隻影可不會放過這個大好機會！

我故意一臉哀傷地看著身邊這位貌美的青梅竹馬。

「……很遺憾，妳剛才看到的是一種很可怕、很可怕的妖怪……我在都城請人幫忙驅邪過，看到也不會怎麼樣，至於妳……其實也不用太放在心上，只是會嫁不出去罷了。」

「唔！」

差點尖叫出聲的白玲摀住了嘴巴。

平時總是非常冷靜的她泛著淡淡淚光，用力拉扯我的袖子。

「……這、這怎麼行……我很困擾。你、你快幫我想想辦法。」

「咦～這我得先考慮看看嘍。畢竟妳平常對我比較凶——」

玩笑開得正起勁時，待在船尾的船員們突然大聲嚷嚷了起來。

「喔，河海豚跳起來了。」「真是個好兆頭啊。」「牠大概是在替我們這些訪客帶路吧。」

…………糟糕。

我偷偷觀察白玲的反應。

她緩緩站起身，露出一道美麗的微笑。強風讓她的銀髮與紅色髮繩隨風搖曳。

「——……隻影？需要給你時間辯解嗎？」

我感覺背脊竄過一陣寒意，不禁撇開視線。和戴著帽子遮陽的隨侍女官朝霞對上眼，然而立刻察覺我正面臨危機的她，只是笑咪咪地看著我們……不行，看來她不會來幫我。

我再怎麼想，都想不出可以用什麼樣的藉口搪塞過去——於是往附近一跳，在拉開距離之後大喊：

「見識不廣的張白玲大人！恭喜妳今天又長知識了！」

「你還是馬上去死吧。不對，我會親手殺了你。而且要是我真的嫁不出去，屆時傷腦筋的可是——……」

「嗯？怎麼了？？」

白玲以寒如暴雪的眼神狠狠瞪著我，卻才說到一半又突然沉默下來。接著轉身背對我。

……是、是不是玩笑開過頭了？

我戰戰兢兢地走過去觀察她的表情，她便立刻用雙手遮住臉，冷淡地說：

「……沒事。」

「呃……可是妳的臉很紅耶——哇！摸起來好燙！妳是不是因為可以坐船就開心過頭，不小心感冒……」

我伸手摸她的額頭，發現她明顯發燒了。

而且好像還愈來愈燙……？

「我、我才沒有感冒——我好得很，你快走開……呀！」

白玲一甩開我的手——又吹來一陣足以搖晃整艘船的強風。

我馬上抱住白玲，避免她跌倒。

——這讓我聞到她身上的花香，也感覺到明顯不同於硬梆梆的男人，相當柔軟的觸感。

雖然這樣抱住她有點令人害臊，現在還是得以白玲的安全為優先。

我對懷裡的美麗姑娘問：

「……妳沒事吧？」

「…………沒、沒事。」

我正對白玲忽然變得很安分的模樣感到困惑時——背後忽然傳出一道笑聲。

「哈哈哈！隻影，小心別捉弄她過頭，不然可就等著挨一頓罵了。像我妻子生前就常常對我嘮叨呢。」

「喔……」「……我認為爹會挨罵大多是自作自受。」

剛才在和船長談事情的老爹向我們搭話。他穿著一件深綠色的衣服。

——下一刻，我跟白玲才意識到我們緊緊抱在一起。

「「唔！」」

我們兩個連忙退開約三步的距離——

「「…………」」

我沒有多想什麼，又朝她的方向走了兩步。

老爹摸著柔順得在陽光底下閃閃發亮的鬍鬚，沒有多提我們的尷尬模樣，僅僅是面朝前方瞇細了雙眼。朝霞則是雙手合十，露出滿面笑容……感覺怪難為情的。

「嗯？好像可以看見臨京了。」

我們也順著老爹的視線看去，發現隱約可以看見遠處有道類似瞭望塔的影子。

白玲驚嘆道：

「居然這麼遠就看得出那是臨京……」

「那是都城附近的大型水上要塞。畢竟敬陽和臨京可以透過大運河直接往來，不架設防線等於是一大破綻。而且都城裡面也有很多水路和橋，據說是要防止騎兵快速入侵。」

「……你知道的還真多。那麼，你昨晚說都城的人民在訓斥小孩子時會故意說『小心玄帝國的白鬼皇帝會來找你』……又是聽誰說的？」

白玲看著我的眼神中盡顯猜疑。

……看來還是別說這件事也是明鈴的隨從告訴我的比較好。

我用雙手擋住她的銳利視線回答：

「我、我是靠自己察覺的！妳別忘了我可是在都城待了長達半年啊！」

「……這樣啊。」

白玲按著自己那頭銀色長髮，表情看來不是很滿意我的答案。我想起前世聽過的一則故事。

「女人擁有銀髮藍眼為傾國之兆。」

如今應該不會再有人提起這則古老傳說了。

畢竟不只老爹不介意，甚至船員們還會不禁為她的美貌著迷。

不過……要是這傢伙真的因為這種迷信被人找麻煩，我也得儘快幫她解圍才行！

「……你的表情好怪。」白玲一邊細聲說道，一邊替我梳理被風吹亂的頭髮。

「……真受不了你。都這個年紀了，還總是需要我這樣照顧。」

「什麼！我、我才想這樣說妳——」「不，需要人照顧的人是你。」

我出言反駁這位自以為是的小公主，接著就聽見老爹哈哈大笑。

「哈哈哈！感情好是好事。到了臨京以後或許會遇到一些麻煩事，總之好好學習新知，在都城玩個痛快吧！這是我張泰嵐的命令！」

*

榮帝國首府臨京是一座與水共存的繁華大城。

距今五十餘年前——榮帝國在玄帝國的大舉進攻下喪失半數以上的人民與國土，被迫遷離以國號命名的首府「榮京」，使得皇帝選擇此地當作臨時首府。

會選擇此地是因為出入的錢財與船隻比古代齊國還要更多，有助於重振國家財政。戰爭自古至今都很勞民傷財。

據說……同時也是因為這裡位於大運河的尾端，再加上外圍有足夠土地可用，很方便拓展水路讓外海的大型船入港。

現今也的確有大型船會來首府附近。

雖然臨京不適合當作軍事據點，導致周遭城牆並不高……但存在都城裡的無數水路、橋、不斷增建的空中走廊與小巷，似乎就是刻意建來抵禦擅長騎射與突擊的玄國騎兵。

走在我身旁的白玲小聲說：

「（剛才真的有一位女子對小孩說『你不乖乖聽話，小心白鬼阿岱會來找你』……所以，這件事究竟是誰告訴你的？）」

「（妳、妳怎麼還在拘泥這件事啊！我、我是在書卷上看到的啦！）」

「（……現在就暫且當作是這麼一回事。）」

白玲表情明顯看得出不相信我，並繼續朝著前方一座雕工精細的石橋走去。

……得儘快去王家大宅要大家別說溜嘴才行。

我暗自決定晚點要再多跑一個地方，便跟著白玲走過石橋，緊接著看見一座市場。

這裡有許多來自不同國家的人，他們都在這裡買賣大批食品與布料，甚至還有人買賣感覺不太尋常的瓶裝藥。

路上還有無數招牌與吊掛的燈籠。

而且不只是底下這條路，連空中走廊上都有不少人在談生意或閒話家常，非常熱鬧。

——看來當年那位皇帝的判斷是對的。

前世在煌帝國也不曾見過這麼生氣蓬勃的城鎮。

臨京的繁榮程度可說是空前絕後。

我擠過人群，努力追趕老爹魁梧的背影——卻發現本應走在我身後的白玲不見蹤影。

「隻影大人♪」

朝霞用手指戳了戳我的肩膀。

我看向她示意的方向，才發現某位貌美的姑娘不知所措地待在離我們有些距離的地方，不斷張望。她的長長銀髮和端正的五官在人群當中依然非常顯眼。

我以手勢示意老爹和朝霞稍等，再走去白玲身邊——牽起她的手。

本來以為她會甩開我的手，卻只是狠狠瞪了我一眼而已。

「——……不要突然抓住我的手。」

「還不是因為某人差點走丟。」

「才、才沒有。不要把我當成小孩子。」

「好好好。假如妳不想被當小孩子，就乖乖抓緊我或朝霞的袖子。小心真的走丟喔？」

「……你……牽著我……就好……」

白玲噘起嘴唇，有點猶豫地握緊我的手。

我就這麼牽著她回去找在市場入口等我們的老爹和朝霞。

禮嚴精挑細選的精兵——也就是一同搭船前來的護衛，應該也待在這片人海當中的某處。

老爹摸著他漆黑柔順的鬍子，唸唸有詞：

「只是短短三年沒來都城……城裡的景象又變了不少，還比以前更加熱鬧。想必是拜皇上和老宰相大人所賜。」

「我倒認為是老爹的功勞，您就別謙虛了。」

我苦笑著走到張泰嵐身旁，挺直背脊。他仍然比我高大許多。

——前世和今生的我都是個孤兒。

所以其實不清楚一個父親應當要是什麼樣子。

雖然不清楚……卻也很為收養自己的人是張泰嵐感到驕傲不已。因為這年頭的武官容易被瞧不起，他仍不吐半句怨言，甚至長年保護我國人民不受強大異族威脅。

「都城會聚集這麼多的人和貨物，得歸功於老爹在七年前和其他幾位北方將領合力阻止了玄帝國上一代皇帝的大舉侵略。所以，這幅景象——」

我放開牽著白玲的手，用右手輕敲自己的胸口，望向來來往往的行人。

「確實是老爹親手打造的。您應該感到自豪。我很驕傲收養我的老爹是這麼偉大的人！」

隨後，老爹巨大的手立刻摸起我的頭。

他粗魯地摸亂我的頭髮，開心笑道：

「——真會誇獎人啊。來，讓爹抱抱你！」

「這、這就不用了。」

我很尊敬他。尤其他還是我的救命恩人。

不過，我沒有喜歡被長著大鬍子的壯漢抱在懷裡的嗜好！

明言拒絕以後，這位大名鼎鼎的「護國神將」便踉蹌地往後退了兩三步。

「什、什……麼？你、你竟然不接受爹的愛！住在都城的時候明明願意讓嫂子天天擁抱你，卻不讓我抱嗎？」

「唔！您、您怎麼會知道？等、等等，那是誤會——……白、白玲？」

我感覺到左邊傳來明顯的寒氣，不禁呼喚了銀髮姑娘的名字。她身旁的隨侍女官笑咪咪的。

……糟了！該不會是伯母的心腹——朝霞的妹妹偷偷告訴老爹的吧！

我很懊悔自己太過大意，同時戰戰兢兢地看向白玲，她猶如寶石的雙眸裡下起了暴風雪。

「——……怎麼了嗎？」

「是、是誤會……」「那麼，我可以向伯母確認嗎？」

「～～唔！」

她這番話讓我找不到其他藉口反駁，說不出話來。

即使用視線向老爹求救，他也只是用豪邁的笑容表達：

「撐著點！你可以的！」

太過分了。我、我該怎麼平安度過這次危機——此時有一道香味飄進我的鼻孔。

「隻影？」「…………怎麼了嗎？」「好香喔～」

我沒有回答老爹和白玲的疑問與朝霞的自言自語，直接朝著眼前一間攤販走去。

攤販桌上擺著冒出蒸氣的竹製大蒸籠，還貼了一張寫著「肉包」的紙。

我對看起來不到十五歲的光頭少年說聲：

「這些肉包蒸好了嗎？」

「蒸好了！——啊，這不是隻影大哥嗎？你什麼時候回來的？」

「才剛到這裡。我要幾個肉包。」

我先前待在都城時，偶爾會來這間攤販買肉包吃。不知道店主的名字，但有見過幾次面。

「好！小心燙喔！」

少年在熱情回應過後拿起蒸籠的蓋子，瞬間噴出一片白色蒸氣。他迅速把大顆肉包裝進葛紙袋裡。我額外多給他幾枚銅幣並問道：

「現在景氣怎麼樣？有賺錢嗎？？」

「還算不錯。現在好像有很多外國人來。歡迎下次再來。」

「好。」

外國人啊……

臨京確實每天都有來自不同國家的外國人出入，但我想不透為什麼人會多到連小攤販都能清楚感覺到變化。

一邊思考這件事，一邊接過肉包，然後走回去把熱騰騰的肉包遞給老爹他們。

「來。老爹跟朝霞也趁熱吃。」

「……你打算用吃的來收買我嗎？真老套。」

「謝謝♪」「看起來好像很好吃呢！」

白玲抱怨歸抱怨，也還是收下我遞出的大肉包，用她小小的嘴巴吃了起來。

她摀著嘴巴，眨了好幾次眼。

我把葛紙袋拿給朝霞，對白玲問：

「很好吃吧？」

「——很……好吃。」

「那個小鬼頭賣的肉包很好吃，我一直想帶妳來吃吃看。妳還記得我在信上提過吧？」

「…………記得。」

白玲心不甘情不願地再咬了第二口。似乎還是敵不過好吃的肉包，露出了開心神色。

我很滿意她的反應，咬了一口自己手上的肉包。

嘗到流出的湯汁，還有一種能夠促進食慾的複雜味道。我一直在猜他的調味祕方應該是海鮮……看來好像又改過配方了？

我跟白玲還沒吃完一半，老爹就已經吃完整顆肉包，開口誇讚它的美味。朝霞則是開始吃第二顆了。

「真好吃啊！能隨時吃到這麼美味的肉包——是件好事。」

「我也這麼認為。」

人只要能吃飽喝足，就不會輕易死去。

所以現在的皇帝和老宰相其實把國家治理得很好……唯獨軍事方面除外。

我們吃著肉包，走過小橋。

「老爹，我們接下來要去哪裡？要去向伯母打聲招呼嗎？？」

我從懷裡拿出兩塊碎布，把其中一塊遞給正在專心吃肉包的白玲。

正當我用碎布擦拭弄髒的手指時，老爹忽然皺起了眉頭。

「嫂子現在好像要在南部旅行一陣子。她很遺憾沒辦法趁這次機會和你們見面。」

「……這樣啊。那真是太可惜了。」

好！很好！非常好～！

我自認自己幾乎是天不怕地不怕。

不過——唯獨在臨京掌管張家大小事的伯母是例外。

她人不壞，只是——

「我總有一天會讓你成為我們張家的當家！」

太過抬舉我，還會異常積極想讓我接管張家……看來這次可以安心待在臨京了。

老爹在我正為此鬆了口氣時，講起我們接下來的行程。

「我們明天得進宮向皇上稟報前線戰況。老宰相大人還送了一份書簡過來，要我們一到臨京就先去宅邸一趟討論進宮事宜，還說想見見白玲……至於隻影——」

「這您不用擔心。」

我收起碎布，輕輕揮了揮手。

老宰相負責輔佐皇上執政，是榮帝國實質上的最高權位者。

張泰嵐是全國上下不分男女老少人人皆知的救國英雄。

我區區一個養子不適合待在旁邊聽他們談正事。便語氣乾脆地對老爹說：

「我只不過是個食客，而張家軍是榮帝國的重要兵力，理應避免引發刺耳的謠言。我自己在外面逛逛都城就好。」

「……嗯。」「…………」「……隻影大人。」

老爹一臉沉痛，白玲則是欲言又止，朝霞的神情也滿是憂愁。

真希望我有好口才化解這種沉重氣氛——此時看見一頂橘色帽子掠過視野一角。

我假裝沒發現，偷偷觀察起對方。她躲在攤販後面瞥了我好幾眼。

……那傢伙該不會又擅自溜出家門了吧？

老爹注意到我忽然不發一語，開口問道：

「隻影？怎麼了嗎？？」

「沒什麼——總之……」

我閉上一隻眼睛說：

「我打算去王家打聲招呼，畢竟他們費盡苦心送了不少糧食到敬陽。反正去講幾句話道個謝也不會少塊肉。」

「……嗯？」「……王家？是經商的王家嗎？」

「對。他們生意做得很大，整片大陸到處都能見到他們的身影。也因為這樣，我常常可以從那裡聽說一些趣聞。」

白玲在把碎布摺整齊後詢問我提及的是哪一個王家，我也老實回答。

有一名將一頭長長黑髮綁成馬尾的女子佇立在橘帽子姑娘後頭有段距離的地方，避免被她發現。我和那名女子四目相對，向彼此點了點頭。

——看來沒猜錯。王家的大小姐偷偷溜出家門了。

我小心不把察覺到異狀的事實寫在臉上，對老爹坦白：

「說來害臊——我對會客禮儀是一竅不通。就不一起去找宰相大人了。那我先告辭，朝霞，再麻煩妳照顧好老爹跟白玲了！」

「記得天黑之前要回宅邸啊！」「——……啊。」「遵命。」

道別過後，我立刻在大街上跑了起來。

雖然白玲似乎想說些什麼，但一直放在心上也不是辦法。

我穿過人群，追著橘帽子的姑娘進到一條小巷子。立刻喊道：

「妳在附近吧？快出來！」

隨後，一名嬌小的姑娘便開心地笑著現身。

「呵呵呵……竟然能在人山人海當中注意到我，算你厲害！」

她的橘帽子底下垂著兩條栗褐色的小馬尾。

衣服也同樣以橘色為主，材質看起來很高級。

身高不高，容貌相當端正卻也帶點稚氣。除了胸部較豐滿以外，看起來就像個小孩子。實在不像已經十七歲了。

那雙如星辰般耀眼的眼中透露出好奇。她雙手合十說道：

「這樣才配當我的丈夫！好，我們不如今天就來舉辦婚禮——」

「才不要。我可不會隨便挑個對象就結婚。還有，明鈴，不准說我是妳丈夫。」

「什麼！」

這位有著一頭栗褐色頭髮的姑娘正是王家那位擁有驚人經商天分的千金——王明鈴。她做出相當誇張的反應，並用右手摀著自己豐滿的胸部，激動地向我抗議。

「為、為什麼？不是我在自誇，我不只長得漂亮，家裡有錢，個性也不差！願意為你忠貞一輩子，而且——我們王家代代子孫滿堂，你究竟有什麼好不滿意的？」

「……靜姑娘，妳對這番話有什麼想法嗎？」

我厭倦地詢問明鈴身後那位無聲無息接近我們的高大女性。她腰上佩著一把來自外國的刀，身穿黑白相間且方便行動的衣服。

她——明鈴的隨從擁有一頭漆黑長髮，與彷彿黑珍珠，令人過目難忘的雙眸。她扶著臉頰，優雅地嘆了口氣，並以無可挑剔的俐落動作捉住她侍奉的主子。

「……實屬可悲。對不起，是我沒看好大小姐，才會給您添麻煩。」

「唔！阿、阿靜！妳、妳怎麼會在這裡？快、快放開我！我在和隻影大人談正經事！快～放～開～我——！」

明鈴雖然不斷掙扎，還是被靜姑娘穩穩捉住，腳甚至踩不到地面。

她這副模樣完全跟個孩子沒兩樣。除了胸部以外，任誰都會直覺認為她是個小孩子。

我先前在來臨京的路上發現明鈴搭的船遭到水賊襲擊，就順手救了他們——她當時招待我去王家大宅時，曾經大發豪語。

我用食指指著明鈴的鼻子，輕輕揮了揮手說：

「妳之前說『**想吸引這整片大陸的金錢來臨京**』對吧？——就憑我這種貨色，可配不上妳這種擁有龐大野心的人……還有——」

「嗯？怎麼樣？？」

乍看像個小女孩的明鈴和我之間的身高差距非常大。要是我娶她當妻子……

「……變態……」

腦海裡忽然浮現白玲的身影，還用冰冷無比的視線瞪著我，讓我忍不住打起寒顫。

靜姑娘單手抱著自己的主子嘆氣道：

「……我們家大小姐聰明歸聰明，實在有點……」「……辛苦妳了。」

「你、你們不要自己聊自己的！我要生氣了喔？即使我個性再怎麼溫和，也還是會生氣的！阿靜，快放我下來！我得跟隻影大人談非常重要的事情！！！！」

「……真是拿您沒辦法。」

明鈴的黑髮隨從將她放回地面上——隨後，這位王家的大小姐便重新整理好剛才在掙扎中弄亂的衣服，露出滿是自信的笑容挺起胸膛。

然後用左手食指指向我。

「隻影大人，我們來一較高下吧！我今天一定要讓你那張全國上下最英俊的臉龐——充滿吞敗的屈辱！」

＊

「呵呵呵♪怎麼樣？夫君，我看你再怎麼厲害也嘗不出來吧？你隨時可以認輸喔★」

坐在我眼前那張椅子上的明鈴，刻意出言挑釁正在為一道「難題」沉默不語的我。她非常樂在其中地擺盪雙腳，使得栗褐色的頭髮也隨之晃動。不曉得是否因為靜姑娘不在，總覺得明鈴看起來比平時還要更加稚氣。

王家大宅位於臨京的南邊。

這裡同時也是離皇居不遠的一等好地……占地甚至比一般貴族宅邸還要大上很多。

王家庭院裡不只百花齊放，還有池塘。而我們現在就在池塘的小島上。

奢華的大理石桌上放著三個白瓷茶碗，裡面各裝著不同種類的茶。

這種叫做「鬥茶」的遊戲正風靡全都城，接受挑戰的那一方必須猜出茶的品名。我又各喝了一口靜姑娘用心泡的每一杯茶，準備作答。

「決定好了！」

我不再猶豫。明鈴的眉毛稍微顫了一下。

「那麼，就讓我聽聽看你的回答吧。要是答錯了……今晚就來我家過夜吧。呵呵呵♪我可是特地為隻影大人準備了不少山珍海味喔！這次一定要考倒你！」

「山珍海味確實相當吸引人，不過——」

我與明鈴四目相交，指著茶碗回答。

「最左邊這個是來自大陸南方綠界的茶，它帶有淡淡的果實香氣。中間是海月島的，它的味道和香氣最重，大概是日照長短使然。最後這個……是外國茶。是『西冬』的茶嗎？」

「………………」

一直到剛才都還堅信自己會奪下勝利的明鈴張大了原本就不小的圓圓雙眼，陷入沉默。

她緊咬嘴唇趴到桌上，很不甘心地說：

「答、答對了……」

「好耶！」

我高舉拳頭歡呼，從桌上拿了一顆芝麻球來吃。甜得恰到好處。想必這就是獲勝的滋味。

「我還以為這次一定考得倒你……真不愧是夫君！可是還是好不甘心啊！」明鈴則是不斷用手腳表現她有多不甘心。那已經不只是孩子氣，根本完全就是個孩子了。

趴在大理石桌上的明鈴抬起頭，語氣憤恨地問：

「為什麼……你為什麼猜得出來？你、你應該從來沒喝過『西冬』的茶吧？平時連我們王家都看不到這種只有皇宮喝得到的特等好茶耶！」

「嗯～？這個嘛，其實就是……」

「……就是？」

明鈴鼓起臉頰，半瞇著眼瞪向我。

我拿起裝著特等好茶的茶碗坦白說道：

「直覺。」

聽到我這麼回答的明鈴愣了一下，緩緩站起身。

她用小小的手握起雙拳，氣得跳腳，連兩條小馬尾都跟著上下擺動。

「討厭！哪有人這樣的！隻影大人就是這種個性教人傷腦筋！不要用『直覺』這麼敷衍的理由來打發我全心全意想出的難題啦！！！！！」

「哈哈哈哈哈！輸家吠得再大聲，對我來說也是不痛不癢啦！」

我喝光這碗代表勝利的茶，刻意捉弄明鈴。

這位年輕的經商天才雖然能夠輕鬆做到「定期載運大批糧食到敬陽」這等難題，來報答救她免於遭受水賊攻擊的我，如今卻是忿忿不平地緊握著兩邊衣袖，大聲抗議。

「可惡！你、你又想捉弄天真無邪又可愛的我了！太、太過分了！你這個不是人的東西！照道理來說，應該要讓我有點面子才對啊！」

「啊，既然我贏了，就麻煩妳幫我找把夠牢固的劍和上等好弓了。」

「……隻影大人真壞心。」

我不理會她的玩笑話，揮手要她坐下。明鈴噘著嘴，卻也乖乖坐回椅子上。

我拿起第二個茶碗。

「話說……虧妳能得到這麼少見的茶。」
「呵呵呵～♪這當然難不倒我～☆」
明鈴雙手摸著臉頰，左右搖擺。那對在嬌小身軀上顯得突兀的雙峰晃起來有點傷眼。晚點得提醒靜姑娘明鈴會在一些奇怪的地方欠缺戒心。
她握緊了雙拳。
「畢竟是要答謝我喜歡的人啊。只要能取悅你，我絕對不惜利用所有能夠利用的權力！不覺得我這樣——很可愛嗎？」
「我倒覺得有點可怕。」
毫不客氣的這番話，使她又不甘心地咬起牙根。但眼神看起來滿開心的。
「唔唔唔……要攻陷你的心還是一樣難如登天！真不愧是我的丈夫！」
「我不是妳丈夫啦。」
「唔～……你偶爾對我好一點又不會怎麼樣。」
「接好。」
我拿起一顆芝麻球，丟給明鈴。聽說現在得不到「西冬」那邊以好吃出名的芝麻，只能用榮帝國自己生產的芝麻，讓明鈴覺得有點可惜。
這位身手意外靈活的姑娘用嘴巴接住——

「……欸嘿♪好好吃喔。」

臉上滿是幸福笑容。

會喜歡我這種人也是挺奇怪的……我等她吃完芝麻球，才放下手中茶碗。

「——明鈴。」

「嗯？」

比我年長的明鈴一臉疑惑，用她那雙大眼直直看著我。

風把她的頭髮吹得不斷飄揚。我低下頭，鄭重向她道謝。

「我們張家軍的士兵都很高興妳派人載來大批糧食。謝謝妳。若換作是我，大概沒那個腦袋完成這份工作。我已經和老爹跟每一位將軍談過這件事，今後還會再需要麻煩妳提供糧食。」

老爹之前派了一份任務給我——

「改善在最前線監視敵方動向的我方五萬士兵之缺糧問題。」

要解決這個問題當然不容易，尤其不同季節的風向及大運河上的船隻數量也會影響到載運糧食的速度。這導致幾乎沒有人想得出可行的計畫。

除了王明鈴以外。

眼前這位姑娘聽我提起這件事之後，便以極其驚人的熱情尋找解決辦法——最後她決定載運糧食去敬陽時走海路，回程則是走大運河，成功解決了糧食問題。

過程中我只有提問是否能運用海路，沒有幫上其他忙。

——我依然低著頭，卻沒聽見任何回答。

風捎來了水、花與土壤的氣味。看來靜姑娘帶了其他客人過來。

不久，明鈴嘆了一大口氣。

「…………唉。」

抬起頭——發現她用手撐著些微泛紅的臉頰，雙眼瞪著我。

「……我只是把隻影大人的想法調整成可行的計畫而已。而且阿靜過去長期在外旅居，很熟悉海路的情況。還有呢……」

「嗯？」

她大大鼓起臉頰，趴在桌上用雙手拍打桌面。

「你不要隨隨便便就向別人低頭！你以為你是古代那位甘願為摯友和屬下承受屈辱的『皇英峰』嗎？太卑鄙了！怎麼可以這樣！一個願意為前線的士兵們拋棄名譽的男人——……會害我忍不住又想幫你啊啊啊啊！！！！」

看著大吵大鬧的明鈴，內心有些驚訝。

……難不成我前世的事蹟意外聞名嗎？

我一口喝下第三碗茶以撫平這份驚訝，並刻意調侃她。

「——……說是這麼說，其實也只是想趁機多賺點錢吧？」

「對♪然後再用賺來的錢買些更賺錢的東西。」

明鈴抬起頭，露出彷彿花開的成熟笑靨。

這位擁有驚人經商天分的姑娘和我對上眼，語氣非常肯定地說：

「人們買愈多東西——人世就會愈來愈繁榮。未來的大英雄，你可要記得這個道理喔。」

「…………」

我有些害臊地抓了抓臉頰，轉頭看向王家大宅。靜姑娘似乎還沒有要回來找我們。我再次將視線移回明鈴身上，搖搖頭說：

「我只想當個小城文官。能在愈偏僻的地方當官愈好。之後再和賢慧的妻子一起養育小孩，下雨天就待在家看書卷度日。不奢求其他的了！」

「想得美！你可是成功把玄國四狼將其中之一——『赤狼』趕回西北方的高手，榮帝國的人才應該沒有多到會允許你這樣的才子去當小城文官★而且最近愈來愈多『老鼠』故意帶著西冬的東西過來，假扮成商人。」

雖然語氣顯得調侃，話中提及的事情卻是格外毛骨悚然。

而且先前阮古頤進攻到敬陽附近那件事可是機密……看來她的意思是玄帝國的密探變多了。

我壓低聲音，呼喚她的名字。

「……明鈴。」

「這件事我沒有向別人提起。我認為那些人很明顯是想挑撥榮帝國和西冬。但我對戰爭沒興趣，唯一有興趣想深入了解的——」

她誠摯的雙眸直直凝視著我。我可沒有——懦弱到會迴避她這道視線。

「就只有你而已。不過，只要戰亂一直持續下去，總有一天還是會變得廣為人知。你要是想過著安穩的生活，還是早點離開張家比較好吧？」

「…………」

我喝完第三碗茶。感覺喝起來比前兩碗苦澀。

面前這位才女以非常端正的動作拿起茶碗，對我提出一個疑問。

「你是不是很掛念——你常常提到的那位張白玲姑娘，才遲遲沒有離開？」

「……嗯，對。」

「為什麼？是什麼原因讓你如此掛念她？」

我敵不過明鈴的逼問，把茶碗放到桌上。大宅裡吵吵鬧鬧的。來拜訪的是需要盛大歡迎的訪客嗎？

我在她的注視之下，坦白說道：

「簡單來說……是因為那傢伙對我有恩。他們張家是我的救命恩人。」

一陣北風吹過我和明鈴之間……風是不是變強了？

明鈴眨了眨眼。

「救命……恩人嗎？」

我大力點頭，沒來由地看向天空。

「王家是精明到足以迅速崛起的新興商家，應該早就調查過我的身世了吧？我是個孤兒。小時候和經商的父母跟傭人們在旅途中被敬陽郊外的盜匪攻擊，當時就是碰巧經過的老爹救了唯一存活的我一命……不過，我其實也幾乎不記得當時的事情了。」

——只能朦朧記得當時吹過荒野的風有多麼冰冷，還有濃濃的血腥味。

回過神來已經躺在張家的床榻上，還看見年幼的白玲在旁邊椅子上打盹。

就在我打算坐起身時，感覺頭和身體都發出劇痛——也就是在那時，我才忽然想起一件事。

「自己是皇英峰再世」這件事。

眼前這位姑娘沉穩問道：

「……我能理解你會想報答張將軍的救命之恩。可是，這不是我想知道的答案。我想問你的是——」

「王明鈴，妳別急——先聽我說完。」

我輕揮左手，閉起一隻眼睛。

這位才女瞬間像個孩子般鼓起臉頰，沉默不語。

「我會不太記得，是因為被救回張家之後整整十幾天都在發高燒……一直在生死邊緣徘徊，整個人昏昏沉沉的，所以也只是後來聽說是老爹救了我。說不定當初那些事情都是一場夢。」

我和明鈴四目相交。

她的眼神非常誠摯，不見平時那份活潑。

「可是我一直聽到床簾外的大人說我是『不祥之子』——甚至堅持要殺了我，杜絕後患。但是那傢伙……白玲卻是哭著替我求情，說『我們好不容易才把他救回來！不要事到如今又要殺死他！』——她從以前就是個雖然冷靜沉著，激動起來卻會變成大嗓門的人。」

我吃下一顆芝麻球，露出苦笑。

然而明鈴的表情依然非常正經。

「所以……你才會對張白玲姑娘——」

「對，我欠她這份救命之恩。她搞不好不記得了，也搞不好只是我腦袋燒到出現幻聽。畢竟她不曾直接和我提過這件事……不過——」

我清楚聽見靜姑娘正在和別人說話。而且似乎正朝我們這裡過來。

「我沒有妳這麼博學多聞，但自認懂得什麼叫知恩圖報。在我親眼見到她得到幸福之前，不可能會離開張家……這事是我們兩個之間的祕密，妳可別和其他人說喔。」

我一口氣解釋完畢，並一口氣喝光手上的茶掩飾害臊。

這種茶的味道好特別，真好喝。都想請她分一點給我帶回去喝了。

一邊這麼心想，一邊勸說明鈴。

「總之——妳就放棄逼我娶妳吧。而且妳找我鬥茶也不曾贏過，不是嗎？反正妳很有經商天分，一定不怕嫁不出去。」

我在最後才稍稍開個玩笑，結束這個話題。

全天下沒多少人能夠成功快速載運數萬人需要的糧食。

甚至主導這計畫的還只是一名年僅十七的姑娘。儘管她有動用到王家的權力，卻也不改她的確完成了一件大事的事實。

王明鈴的聰明才智幾乎足以匹敵我前世的摯友——王英風。

不久，她將左手放在胸前細聲說道：

「——……請說說……」

「嗯？」

我從沒見過明鈴如此充滿決心的眼神。

……怪、怪了？照理說不是應該乖乖死心嗎？

我正慌張的時候，她忽然用力站起身大喊：

「請說說你願意和我結婚的條件！我懂你想報恩的心情，可是——……我王明鈴還是無法心甘情願死了這條心！而且——而且！隻影大人忘了嗎？我這條命是你救回來的！」

「呃……這個嘛……」

「你們說結婚是什麼意思？」

「「唔！」」

一道很有氣質的嗓音傳進耳裡。

我和明鈴急忙轉頭望向聲音傳來的方向，這才發現某人正站在池畔……

「白、白玲！妳、妳怎麼會在這裡？」

＊

「要事已經處理完了。而我會知道你在這裡，是因為伯母留下的紙條上有寫到。好了，快回答我的問題。」

「妳、妳實在是……」

銀髮藍眼的美麗姑娘快步走過小橋，雙眼冰冷得讓我感覺到一陣寒意，不禁支支吾吾起來。

伯、伯母……明明不在都城，竟然還用這種方式陷害我！

一旁的靜姑娘以眼神表達：「隻影大人，祝你可以度過難關！」

……怎麼會轉眼間就大難臨頭了呢？

我不願意接受現實，明鈴則是優雅地起身向白玲敬禮，報上自己的名號。

「幸會，我是王仁的長女——明鈴。妳就是張白玲吧？我們今後應該——會經常見上面，還請妳多多關照了♪」

「我是張白玲。謝謝妳幫忙安排載運糧食給遠在敬陽的士兵。不過——我並不打算和妳打好關係。」

「——……噗！」」

兩位姑娘之間彷彿激起了閃亮火花，甚至讓人能夠輕易聯想到龍虎纏鬥的景象。

我冒著冷汗對白玲提起另一件事。

「呃～……朝霞呢？」

「她在爹那裡。我已經不是小孩子，照著地圖走就不會迷路。」

「……這樣啊。」

看來我挑錯話題了。只見靜姑娘露出苦笑。

白玲在這段沉默當中依舊瞪著明鈴，接著不發一語地將視線轉移到我身上。

「還不快站起來。」

感覺連心臟都要結凍了。

我不懂她怎麼會不開心到這麼可怕的地步……但能肯定我不可能有辦法反抗她。

於是舉起雙手投降。

「好，我這就走——」「哎呀？你已經要走了啊～？」

「唔！明鈴？」

明鈴在坐回椅子上後從靜姑娘手中接過茶碗，對白玲露出微笑。

白玲用手扶著我的背，也回給她一個明顯是裝出來的微笑。

「對不起。我爹在等我們回去。」「妳不想聽聽我跟隻影大人怎麼認識的嗎？」

「嗯！」「什麼！」

白玲和我都立刻停下腳步。

這位可怕的才女一見我們停下來，便命令她的黑髮隨從幫忙泡茶。

「看來兩位似乎願意再陪我聊一會兒。阿靜，去幫白玲姑娘準備茶水和茶點。」

「遵命，明鈴大小姐。」

靜姑娘開心地再次前去泡茶……糟了。

「白、白玲，我、我們還是別讓老爹等太久——」

「讓他多等一下不會怎麼樣。」

白玲說完便坐到椅子上，並以眼神示意我跟著就坐。只好動作僵硬地坐到她身旁。

明鈴隨即游刃有餘地翹起腳。

「那麼，兩位請聽我說——我和隻影大人是怎麼相會的！」

*

我生於臨京，自幼在聲名遠播的王家長大，從來都不愁吃穿。

我的爹娘是很會做生意的商人，常常往來各個國家。

他們很少陪在我身邊，但我認為自己生在王家是非常幸運的一件事。

……只是爹實在太過溺愛我。娘倒是還好。

我今年已經十七歲。

然而，即使千拜託萬拜託，爹還是不允許我離開臨京。

明明爹娘都會親自去危險的地方經商！

於是——我決定偷偷溜進我們王家的一艘往來於大運河的貨船。大運河的水運對我們王家來說，是非常重要的運輸手段。

反正總有一天要繼承家業，屆時還是得親自來船上勘察——我當時是這麼想的。

——而偷溜上船的計策也順利成功了。

雖然不只被阿靜發現，連船長都笑著歡迎我……總、總之，我說成功就是成功了。

第一次搭船旅行遇到的每件事都好新奇，還記得當時老是問船員：「那是什麼？」以及「剛、剛才水面上是不是出現了什麼奇怪的動物？」

——但就在我們抵達目的地，也就是敬陽的時候，出了一件大事。

我當時睡得很熟，等阿靜叫醒我時，整艘船上早已充斥著緊張氣氛與吆喝聲。

「有、有水賊啊——！！！！」「大、大運河怎麼會有水賊？」「大概是繳不起鹽稅的那些人吧。」「風不夠大！快划槳！」「我們沒有足夠人手可以划槳！」

即使是不怎麼見過世面的我，也能輕易聽出情況相當危急。

我抱著阿靜走到甲板上，就發現有十幾艘小船正打算攻擊我們的船。

而偏偏就是這種危急時刻沒有起風，主桅上的旗子動也不動。

自從老宰相大人調降鹽價後，大運河沿岸就不再有水賊肆虐，所以船上的划槳手並不多——我們顯然無法逃離水賊們的包圍。

「……明鈴大小姐，我會誓死保護您的。」

我在聽到阿靜這麼說之前，就察覺我們已經快走投無路了。

船員們以不熟練的動作拿起武器，同時，最遠那艘小船的一名似乎是水賊首領的粗獷男子舉起手上那把寬刀身的彎刀——

「唔！」「嗯！？！！！」

下一瞬間，他的肩膀就遭到弓箭射穿，翻身落水。在瞭望台上的船員幾乎在同一時刻大喊：

「敵船後方有艘軍船！旗上寫著——『張』！！！！！」

船上瞬間陷入靜默——並在不久後變為響徹全船的歡呼聲。

榮帝國裡沒有人不知道「張護國」的名號。

我清楚記得那時候馬上安心了不少，還差點腳軟呢。

不過，我——

「明鈴大小姐！」

卻逃出了阿靜懷裡，跑向船頭。

——我會這麼做的理由很單純。

想親眼看看名震天下的張家軍有多麼英勇。當時是這麼想的。

感覺到阿靜也緊跟在後，並在抵達船頭時——

「唔！那、那是……」

我清楚看見一幅令人大為震撼的景象。

竟然有一名黑髮大俠完全不怕水賊們射出的箭矢，以高強的身手接連射穿了好幾名水賊！

——而那位大俠正是……

＊

明鈴雙眼滿是喜悅，挺著胸說道：

「正是隻影大人！他後來又射下了好幾個水賊，那模樣實在是英勇萬分！呵呵呵♪我至今還會偶爾夢到當時的情景呢。不覺得我們這場相遇簡直是命中注定嗎？」

……呃……這個嘛……

我害臊地緩緩瞥向一旁的白玲。

然而銀髮姑娘僅僅是沉穩地喝著茶，對明鈴的隨從露出微笑。

「這種茶……味道好濃醇。靜姑娘，妳泡的茶真好喝。」

「謝謝白玲大小姐的誇獎。」

白玲和靜姑娘一起享受著好茶的芳香。看來她們很意氣相投。

我再接著望向明鈴……只見她大大鼓起臉頰，似乎不太高興。

「妳、妳有沒有在聽啊！太失禮了──」「我懂了。」

白玲放下茶碗，與明鈴四目相會。我甚至誤以為她的視線喚來了一道閃電。

「簡單來說，當時我們張家的軍船救了妳搭的那艘船，隻影才會順便和妳提起張家軍為什麼要去臨京──也就是需要添購軍糧……然後……」

銀髮姑娘瞪了一眼正在品嘗月餅的我。

或許是因為她的容貌相當端正，瞪起人來反而特別嚇人。

「妳爹娘相中了我家這位食客──對嗎？」

「妳真厲害。沒錯，說對了。」

她們對談的期間，我就像隻被蛇──不對，是像隻被龍惡狠狠瞪著的青蛙，不禁縮起身體。

張白玲生起氣來很可怕。

——此時忽然有人拍手，發出清脆響聲。

「「「唔！」」」

我們三個一同看向拍手的靜姑娘。她笑得非常燦爛。

「明鈴大小姐，隻影大人和白玲姑娘似乎有急事，今天就到此為止如何？」

「咦？啊……說、說得也是！隻影大人，你應該還會在都城待上一段時間吧？？」

「嗯？啊，對。」

我點點頭，回應忽然愣住的明鈴一回過神就提出的疑問。我們大概要等老爹辦完事，才會一起回去敬陽吧。

接著，黑髮大姊姊便笑著對銀髮姑娘說：

「白玲大小姐，我想送您一些禮物當作見面禮。請您和我來宅邸裡一趟吧♪」

「——……可是……」

「我不會拋下妳先走啦。」

白玲偷偷瞥了我一眼，於是我輕輕揮動左手，要她別擔心。

從她的表情可以看出稍稍鬆了口氣。

她接著站起身，然後——向明鈴打聲招呼，便從小橋走往宅邸。

靜姑娘也隨即以眼神對我和她的主子行禮，跟著白玲離開。看來我們讓她費心了。

我喝完最後一點茶，對一臉納悶的明鈴得意笑道：

「妳也親眼看到張白玲是什麼樣的人了。怎麼樣？她很厲害吧？」

「……她的腦袋的確很靈光。」

明鈴心不甘情不願地同意我的說法。

她粗魯地直接用手拿起茶點來吃，像個孩子般生悶氣。

「但我絕對不會輸給她！我一定要贏！」

「妳究竟想跟她比什麼……？」

這位才女默默吃下最後一顆月餅，伸了個懶腰，沒有回答我的疑問。

隨後便凝視起我的雙眼，手搗著自己豐滿的胸口強調：

「今天這場鬥茶的確是我輸了——不過呢！我們王家的字典裡沒有『屢戰屢敗』和『知恩不報』兩個詞！隻影大人，你對我王明鈴有什麼吩咐都儘管說！即使是難如登天的要求，我也一定會完成，讓你娶我為妻！啊，但是你要的劍和弓當然是另一回事，就等著我找來一把好劍和一把好弓吧♪而且也得謝謝你之前提供外輪船的點子！」

「…………」

王明鈴既是一位才女，也是一位遇到困難仍永不放棄的人。雖然認識不久，我卻已經清楚感受到她這種令人敬佩的個性。而且之前開玩笑和她提到的「無風也能快速航行的船」沒想到她好像真的建造出來了。

尤其……說來可悲，幾乎沒有什麼事情是大批銀子搞不定的。

只能想辦法出個她絕對無法完成的難題來考倒她了！但是……還真困難呢。

忽然瞥見我倚放在椅側的那把劍。

——……劍。

於是沒來由地對正在等待答覆的明鈴說——

「那——妳幫我找來據說以前煌帝國的『雙星』曾經用過的『天劍』吧。妳要是能把那兩把劍交到我手上，就認真考慮是不是該和妳結婚。」

「『雙星天劍』……千年前的英雄用過的兩把傳說中的劍……」明鈴睜大圓滾滾的雙眼，在自言自語後試探地問：

「……你說會考慮和我結婚是真的嗎？」「沒錯。」

「你不會——」「我不會食言。」

我在來臨京的路上大致看完了《煌書》和提及後續史實的史書。

據說王英風逝世後長達千年時間，都沒人能夠成功找出「天劍」。

即使明鈴再怎麼厲害，也不可能找到不存在於世上的東西。

「這樣啊。我知道了——那麼……」

眼前的才女站起身，原地轉了一圈。

這讓她的頭髮隨之飄逸，而明鈴在停下腳步後將右手放在自己的左胸前，高聲發誓。

「我王明鈴發誓一定會盡全力找出『天劍』，將它獻給張隻影大人！屆時你就會是我的新郎了——呵呵呵～♪」

「……別擅自把我當成妳的新郎。」

我一邊想起過去和我一同馳騁戰場的愛劍，一邊挑出明鈴的語病。

然而明鈴仍然意氣風發地握緊雙拳說：

「不！反正你不久後就會是我的丈夫了，不能算我說錯♪……而且最大的情敵也意外笨拙……沒什麼好怕的！」

她講到一半忽然轉身背對我，小聲說了些什麼。我不禁苦笑道：

「……妳可別為了這件事特地冒險喔～？」

「別擔心！有阿靜在旁邊保護我！——而且……」

明鈴露出她這個年紀的女孩常見的神情，湊到我身旁並輕輕抱住我。

「萬一真的出事了，我未來的丈夫也會來救我啊！……最近宮中對戰況太過樂觀，或是藐視張將軍的人愈來愈多了。還有，剛剛提到的那些老鼠也不太對勁。請你千萬要小心為上。」

「……我多少會注意。謝謝妳特地提醒這件事。如果有什麼新消息，記得馬上告訴我。」

白玲在王家大宅正門口附近等我。她手上拿著一個沒見過的布袋。大概是靜姑娘送給她的見面禮吧。

我走近她，不發一語地伸出手。

「…………」

銀髮姑娘默默把布袋交給我，轉身離去。

我在走過正門口時往後看，正好看見明鈴和靜姑娘，便朝她們揮了揮手。

白玲也點頭打聲招呼。她似乎和靜姑娘滿聊得來的，難得看有點內向的這傢伙和別人相處得這麼融洽。

我和白玲一同走到宅邸外的街上。太陽已經快要下山，夜晚的腳步將近。

張家宅邸位於庶民居住的臨京北邊，得走一段路才到得了……反正臨京治安很好，晚上在外應該不容易出事。畢竟連朝霞都不會特地來接白玲。

路邊商店接連亮起提燈或燈籠的亮光。我眺望著水路上急著返家的小船，準備走過一座不見多少人影的橋。

「……剛才……」

「嗯？」

「你跟那個姑娘在我們離開之後聊了什麼？」

白玲突然駐足不前，背對著我提出這道疑問。

我把手伸向後腦杓，雙手十指交扣並老實回答：

「我要她去找幾乎不可能找到的東西。啊～……至於我第一次上陣殺敵那件事──」

「……我不介意。靜姑娘送了些茶，說是很稀有的西冬茶。我打算回去以後泡來喝。」

「我有得喝嗎？」

「當然──只有爹、我和朝霞的份。」

「太無情了。」

我們一如往常地鬥嘴，繼續往前走。

白玲的心情似乎變好了點，腳步也比剛才輕盈。

不過──

「西冬啊……」

我望著青梅竹馬的耀眼銀髮，低聲自語。

不曉得是真是假──據說西冬自數百年前由一位仙娘建立以來一直是我國的盟友，也是交易盛行的國家。

西冬國內有一座出產鐵礦的大礦山，使得西冬產的金屬製品聞名國內外。聽說他們還把和我國及西方交易賺來的錢財用來開發從其他國家傳進西冬的新技術。

他們的國土只有我國的數分之一。

西冬的東北部有地勢險峻的七曲山脈，且鄰近玄帝國，西北部則是白骨沙漠。

難以行走的地形使得玄帝國的主力——騎兵無法越過山脈……所以一直以來都不曾和玄帝國交戰，也得以不受他們侵攻。

唯一容易通行的平原位於離敬陽不遠的東部，這也是為什麼西冬的產物較為少見。

縱使是王家那樣的大商人，還是很難取得西冬產的特等茶葉。

——不過，現在我手上拿著的就是西冬茶葉。

這代表假扮成商人的「老鼠」意外得多……既然連臨京都能見到他們的蹤跡，就更不用說是敬陽了。

再加上先前阮將軍一事致使明鈴認為是有人刻意挑撥離間，卻也似乎有點說不通。

假如……西冬真的背叛了榮帝國——

「隻影？怎麼了嗎？」

白玲看我停下腳步沉思了一會兒，便神色擔憂地過來關心。

「——嗯？喔，抱歉、抱歉。我不小心恍神了。我們走吧。」

我閉起一隻眼睛，要白玲繼續走。同時也暗自下定了決心。

以防萬一，或許還是得知會老爹——

「西冬可能意圖謀反」這件事。

畢竟人世無常。

＊

「我、我說……白玲…………」

「不行。你就死了這條心吧。一個男人怎麼這樣忸忸怩怩的？」

「唔唔……」

白玲替站在全身鏡前的我打理黑色禮服，然而鏡中的我臉上卻滿是惆悵。

窗外傳來鳥兒們悅耳的歌聲。唉……我也好想飛得遠遠的。

一旁的銀髮姑娘在我唉聲嘆氣時，仍繼續替我打理儀容。她穿著白綠相間的禮服，並把花朵髮飾別在瀏海上。我不禁小聲抱怨。

「妳倒是沒問題……問題是我進皇宮搞不好會惹上麻煩啊…………」

客觀來看，我其實處在一個相當尷尬的立場。

雖然老爹和伯母總是說我就是張家的一分子——

「嗯？怎麼了？你怎麼露出奇怪的表情？好，這樣就好了。」

而我眼前這位姑娘當然也這麼想。

——不過，外人就不這麼認為了。

張泰嵐會有「護國神將」的美名，是因為他無數次保護榮帝國不受玄帝國所害，人民才會主動這麼稱呼他。甚至連皇上都曾耳聞。

而我是張家裡的異類。

老爹曾好幾次進宮求情，希望能讓我正式冠上「張」姓……卻屢屢碰壁。

因為宮中某個在都城握有不小權力的派系，不希望以張家為首的「北伐派」繼續壯大。有敵意的自己人總是比外敵還要棘手……人自古至今都是這副德性。

我想事情想到出神，白玲這才回應我剛才那句抱怨。

「是老宰相大人想招待你進宮。我們昨天去找他談事情時，他說希望你下次願意一起來。你應該感到慶幸才對，他似乎對你有興趣喔。」

「呃。」

我感覺全身起雞皮疙瘩，忍不住渾身顫抖。我沒自信能在宮中控制好表情。

白玲走來我面前，朝我伸出手。

「……你的衣領歪了。」

「呃，我自己弄就好。」

「別動。」

「……好。」

我乖乖投降，任她擺布。往格窗外一看，正好和朝霞與其他女官對上眼。她們用唇語說：

「（隻影大人，您穿這樣很好看喔！）」「（麻煩您照顧白玲大小姐了♪）」

……真不曉得是不是該拜現在似乎去南方談生意的伯母教導所賜。

我暗自嘆息，此時走廊上傳來一陣特別大的腳步聲，不久，穿著深綠色軍袍的老爹就走進了房間。

「白玲！隻影！你們準備好了嗎？」

「是，我準備好了。」「……老爹，我真的非去不可嗎？」

我對老爹苦苦哀求。

我知道白玲正瞇著眼瞪我。隨後，老爹的神情變得嚴肅。

「隻影，你今天就死了這條心吧。只要在皇宮入口附近的候客房等我們就好。畢竟說不定還會有其他貴族兒女在場。」

「喔……」

他們在不在都不關我的事吧？——老爹看著我，微微點了點頭。

「女人擁有銀髮藍眼為傾國之兆。」

來自大陸西方的人還不夠多的年代，常有人在謠傳這樣的古老迷信。

說不定宮中某些只顧著宮鬥的貴族至今仍相信那種沒憑沒據的傳說。

……老爹大概是要我別讓白玲落單，當她的擋箭牌。

感覺心情輕鬆許多，和老爹拳碰著拳表示了解。

「我知道了。那麼，晚上就麻煩您請我吃一頓好吃的嘍。」

「嗯！包在我身上！」

「……兩位別一直顧著聊天，時間好像差不多了。」

白玲指著院子裡的水鐘。再不趕快出發一定會遲到。

——該準備前往皇宮了！

「張將軍好！我來替您帶路。隨行的兩位請在這裡稍等。」

這座龐大無比的皇宮位於臨京南邊。

我們一走過畫有飛龍與鳳凰的紅色巨大正門，踏進宮中便聽見一名年輕禁軍士官的呼喚。

他帶我們來到一個有幾張長桌和椅子的房間。似乎已經有幾個人在裡頭等待。

老爹拍了拍我的肩膀。

「白玲、隻影，晚點見。我們不會聊太久。」

「路上小心。」「祝您好運！」

我們這麼說完，老爹就滿意地和士官一同往石廊另一頭走去。

我看了白玲一眼，便走往候客房。就近找了張椅子坐，發現房裡有碗和茶器。

平常這種時候白玲大多會坐在我對面，今天反倒難得坐在旁邊。藉著視線問她要不要喝茶，卻只見她搖搖頭……好像有點緊張。

我喝了口茶，忍不住皺起眉頭。

「……好難喝。」

或許是因為昨天才喝過最高級的特等好茶……但這也太難喝了。

若是連皇上底下這些緊急時刻必須上最前線打仗的禁軍都只能喝這種茶，其他士兵更不可能有好茶可喝。

這時，房裡一位溫文儒雅，看起來似乎是貴族的年輕男子忽然向心情苦悶的我搭話。

「喂，那邊那位仁兄。」

「？」

他的年紀應該比我們年長些，差不多二十出頭。腰上配著一把有黃金和珠寶裝飾的禮劍。反觀，別說我和白玲了，連老爹都不被允許佩劍進宮。這表示對方在宮中有一定地位……朝著我們走來的柔弱男子臉上掛著不懷好意的笑容。那瘦弱的身軀顯然沒有經過鍛鍊。

他還帶著其他幾位年輕男子一同前來，俯視著我問道：

「我沒見過你。敢問貴姓大名？」

……看來老爹和明鈴擔心的事情還是發生了。

用不著仔細看，就感覺得到白玲很不安。於是若無其事地報上名號。

「我是借住張家籬下的食客，隻影。請問你是？」

年輕男子並沒有回答自己是誰，而是直指著我，露出輕蔑的眼神。

「……我從沒聽過這個名字。而且你竟然是張家的食客，連貴族的邊都沾不上啊！這裡可是皇宮！你這種下賤的人不配在此久留，快滾！」

「快滾！」

後頭幾位男子也出聲附和。看來他們不是狐假虎威，而是「子假父威」。

我刻意避免露出苦笑，低頭向他們求情。不能害老爹和白玲顏面掃地。

「你說得對。但我們不會待太久，希望你們能夠暫時睜隻眼閉隻眼。求求你們了。」

「…………唔！」

明顯感受到白玲正在壓抑她的怒火。

這位大概是想害我難堪的柔弱男子或許沒料到我會如此低聲下氣，忽然一臉掃興。

「……哼！」

接著看向白玲。他斷吼道：

「那邊的女人！報上名來！」

白玲沒有馬上回答——而是在不久後才開口。她的聲音聽來有些顫抖。

「……我是張泰嵐的長女，白玲。」

「張泰嵐？——哈哈哈哈！」

男子們頓時哄堂大笑，最前面這位男子誇張地聳了聳肩，笑道：

「哎呀……原來是北方小村落那個成天喊著北伐，還假藉需要軍費來討錢的鄉巴佬將軍之女啊！虧妳和那邊那個下賤的男人有臉踏進宮裡啊！」

「…………唔！」「…………」

白玲氣得緊咬嘴唇，我則是冷靜推敲起對方的身分。

有膽辱罵張泰嵐的貴族並不多。這個蠢蛋應該是哪個有權有勢的官員的親朋好友。

……看來榮帝國離亡國也不遠了。

正當我推測出這個無情事實時，男子竟拔出他腰上那把禮劍指著白玲。

「而且妳的髮色和瞳色……是據說代表傾國之兆的銀髮藍眼。還不趕快滾！這種不吉祥的女人待在皇宮，搞不好整座都城都會受妳的霉運牽連！別勞煩我祖父叫人把你們攆出去！」

「祖父？」

我刻意向柔弱男子提問，試圖引開他的注意力，避免繼續刺激氣得渾身顫抖的白玲。

隨後他便一如我的預料，開口嘲諷我的無知。

「你連這種事都不知道？我祖父可是榮帝國的台柱——也就是大丞相！」

「……他不是大丞相，是宰相吧？歷史上只有『雙星』之一的王英風被世人稱作大丞相。」

我還沒開始思考他這番話有什麼含意，白玲就如此冷冷回答。

柔弱男子吊起眉梢——接著突然搶走白玲的花朵髮飾。

「啊！」

「竟然戴著這種廉價的東西進宮——太不知羞恥了！」

「住手！！！！」

哀號與椅子被撞倒的聲音響徹整間候客房。柔弱男子將花朵髮飾丟在地上，狠狠踩爛它。

急忙起身的白玲瞬間愣得啞口無言，癱軟跪坐在地。一顆淚珠順著她的臉頰滴落下來。

疑似宰相孫子的柔弱男子笑著拔出劍，試圖用劍刃劃過白玲的瀏海——

「呀！」「唔！」

我在那瞬間使勁一跳——朝著柔弱男子的臉狠狠揍了一拳。他的劍因而被甩到半空中。

被揍昏的男子自然無法減緩跌倒時的衝擊，只能滿口鮮血地癱倒在地。

「……好弱。」

我在這麼說的同時用腳踢斷了掉落下來的劍。

事出突然，導致男子的跟班們全愣在原地。但他們很快便接著大喊：

「這、這傢伙！」「你、你這是、在做什麼！」「你以為我們是誰啊！」

「……那個啊……」

我望向那些跟班們。他們明顯已經腿軟，面色逐漸蒼白。

「我可以不計較你們出言侮辱我。我這種地位的人本來就不該進宮……不過啊——」

「～～唔！」

跟班們開始瑟瑟發抖。守衛們也非常驚慌。

「你們別以為侮辱了老爹，又辱罵白玲……還可以毫髮無傷地離開。我可沒有善良到看恩人被瞧不起，還願意悶不吭聲……你們做好覺悟了嗎？」

如此說道的我便開始制伏這些嚇得神情僵硬的男子。

而在我顧著應付那些跟班的期間，眼淚已經瀕臨潰堤的白玲仍舊握著已經破爛不堪的花朵髮飾，絲毫不在乎會弄髒自己的禮服。

＊

「隻影大人，請往這裡走。我不想動粗——」

「嗯，我知道。」

我如此回答一名壯年士官，乖乖走進一座老舊地牢的門。

這間牢房似乎只有一半在地底下，高處唯一的窗外可以瞥見天上新月。

——門鎖發出喀擦聲上鎖。

我悠哉地回頭向拿著燈火的士官問道：

「所以？上面什麼時候會判刑？我可不想餓死在這裡面。」

「不知道。」

士官只冷冷回了這一句，便和其他士兵們一同順著地下通道離開。

他們似乎是出於對老爹的尊敬，才對大鬧皇宮還痛打了一群紈褲子弟的我這麼溫和，但看來也不是我說什麼都願意和善對待。

我倚靠著牆，蹲在冰冷的石頭地板上。

牢裡幾乎是一片漆黑，只有微弱的月光透過窗戶灑落進來。

「這次給老爹添麻煩了……還有白玲也是……」

不知道那傢伙現在還好嗎？我的青梅竹馬乍看之下很強悍，實際上是個愛哭鬼。

一邊這麼想，一邊伸著懶腰——突然，牢裡僅存的一點月光消失了。

有人站在上面的窗戶附近。從影子長度來看，應該是一名男子。

……大半夜的怎麼會有人在皇宮遊蕩？

我在感到疑惑的同時大喊：

「喂～你站在那邊會害我看不到月亮。可以讓開嗎？」

「——……為什麼？」

對方不理會我的要求，逕自提問。這聲音聽起來有點年紀，是個老人家嗎？

正當我在推敲他是什麼人時，他又接著平淡問道：

「你為什麼要大鬧皇宮？聽說你是張家的食客，難道蠢得不知道自己的一舉一動會連累到張將軍嗎？」

「……這位老大爺，說話還真不留情啊。」

我苦笑著伸直雙腿。從早上到現在都沒吃一餐，肚子很餓。

用雙手手臂墊著後腦杓回答：

「我當然想避免給老爹添麻煩。可是那些蠢貨只憑在路上聽來的謠言侮辱老爹，甚至——還嘲笑我的救命恩人。我可沒有成熟到願意放過那些傢伙。」

反正我早就死過了一次。

今生也是因為有老爹和白玲救我一命，才能活到現在。

那我當然——很樂意用自己的命替恩人賠罪。

老人繼續提問：

「……但是先出手的是你吧？即使他們有錯在先，出手傷人的你仍然免不了刑罰。」

「嗯？」

我仔細思考他這番話的意思——最後得出一個結論。

看來當時在場的士兵們大概沒有說是老宰相的孫子先拔劍。

……也難怪剛才那位士官的態度那麼溫和。或許是出於良心苛責。

臨京在老爹拚死避免外敵進犯的期間似乎腐敗了不少。

「人果然自古以來都是一副德性。」

「唔?什麼意思……?」

他的聲音當中充滿困惑。我不打算坦白,僅僅是翹起腳來。

——即使有人證,他們也會透過父母或祖父的權力大事化小。

那些人會在不久後的未來進入國家中樞掌權吧。我對老人說:

「雖然你特地來這種地方找我……但很可惜,我對你沒興趣。你們會嘲笑拚死保家衛國的士兵,還只會待在都城享受山珍海味和美酒,享受虛假的繁華。我和你們這些人合不來。你可以趕快走嗎?」

「…………你說虛假的繁華?」

他的語氣第一次透露怒火。我聳了聳肩。

「我有說錯嗎?臨京人和平安穩的生活是老爹他們在最前線奮戰換來的。這點只是單純的事實……不過啊——」

我抬起頭,瞪著窗外人影。

「你們知道大河另一頭的最前線有多少敵軍嗎?少說也有張家軍的三倍以上……三倍可不是個小數字,然而就我所知,都城在這七年來都沒有派遣任何人力或兵力來支援。甚至那些城牆與城寨都是老爹和其他將領自己花錢建造的。我看你們都城的人其實都認為『敵人不可能跨越大河,威脅到我們的生活』吧?」

「…………」

老人陷入凝重的沉默。看來他也不是一無所知。

一段時間過後，他才勉強擠出一句話。

「……但張將軍不也打退了所有敵軍嗎？」

「唉……你這番話不會是認真的吧？」

我嘆了口氣。

接著抓了抓自己那頭融入這片黑暗當中的黑髮，說出殘酷的現實。

「張泰嵐的確是舉世無雙的英勇武將——卻也不是所向無敵。而且還有自己人在拖後腿。我聽說玄帝國的皇帝年紀輕輕便握有實權，還是個極為精明的人。就算我們張家軍可以打贏一場仗，也不可能澈底打倒玄帝國。畢竟雙方的兵力簡直是天差地別……甚至我們張家軍必須屢戰屢勝，玄帝國卻只要打贏我們一次，就能成功闖進榮帝國。不覺得情勢對我們很不利嗎？」

寒冷的晚風吹進地牢。

同時，我聽見窗外有一道微弱的腳步聲。

對方已經來到這座地牢附近，但似乎嚇了一跳，忽然止步不前。

老人疲憊不堪地留下一句話，便轉身離開。

「……『張隻影』，我會將你的話以及你的名字銘記在心。有位客人來找你了。」

瘦弱的人影離開後——很快就有個東西從欄杆縫隙掉進牢房。

我立刻接下它，發現是個溫暖的小皮袋。

裡頭放著粽子和竹水壺。還有一張摺起來的紙。

仔細往外一看，就看到有一個披著外衣的人影正往牢房裡看。

月光讓她的銀髮閃爍動人——來找我的正是面色嚴肅的白玲。

我有點吃驚。

「妳、妳這個人實在是……不要特地來這種地方啦。就算都城治安比較好，女人半夜出門還是很危險啊！而且妳是怎麼進皇宮的？」

皇宮到了晚上會關閉所有對外的門。照理說不可能進得來……

白玲隨即坐下來，向我解釋。

「王家那位姑娘說有條密道可以進來皇宮。是靜姑娘帶我來的。」

「…………那傢伙也真是的。」

我頭痛得不禁用手指壓壓額頭。

王家那樣的大商人會知道一、兩條密道的確不是怪事。

我一邊抱怨，一邊剝下粽葉。

「——……你是不是應該在吃之前……」

「嗯？」

白玲以不帶任何感情的冰冷語氣說：

「先向我道個謝才對呢？這位害爹顏面掃地的食客？？」

……她氣得火冒三丈。

我的視線忍不住游移起來，看往空無一物的方向，同時向她道謝。

「謝、謝謝妳。對、對了，妳跟老爹沒受罰吧？」

「沒有。」

「這樣啊。太好了。」

我鬆了口氣咬一口粽子，鹽分滲入我挨餓已久的身體。啊……感覺活過來了。

轉眼間就吃完一顆粽子，又喝了口水。這時，白玲忽然開口：

「——……為什麼？」

「嗯？」

平時總是冷靜沉著的白玲聲音聽起來在顫抖。我放下水壺，抬頭看向她。

「我知道你是個蠢蛋，可是為什麼要動手？」

「……喂。」

我不禁插嘴抗議，然而她卻不多加理會，而是直接表露內心的激動。

「而且你應該沒有笨到不懂得自己的立場……其實只要我忍氣吞聲就好。」

「不，這怎麼行呢？」

我立刻否定她的想法。邊吃著沾在手指上的飯粒邊坦言：

「有個迷信說『銀髮藍眼的女人會招致災禍』——但我待在妳身邊十年了，也不曾遇過什麼天大的壞事，反倒遇過不少好事。我不希望有人用那種迷信來貶低妳。」

「…………」

白玲突然不發一語。用不著看清楚她的臉，也知道她現在一定氣得鼓起臉頰。

我吃起第二顆粽子時，她便急忙告訴我一件事實。

「你第一個打量的那個年輕男子——真的是老宰相大人的孫子。你很有可能會被判重刑。」

「是喔～」

我對那傢伙的身分沒有興趣，回應得心不在焉。比較在乎這顆粽子的美味。

白玲的語氣終於恢復平時的冷淡。

「……這搞不好會變成大事，你應該要緊張點才對啊。」

「不用擔心啦，如果老宰相大人會因為這種事情就判我重刑——我反倒放心了。老爹總有辦法可以對付那種治理國家治理到沒把孫子教好的人。」

據說榮帝國的老宰相是個清廉正直到眾國皆知的人。

他不屬於任何派系，從祖父到他這一代已經為榮帝國的繁榮盡心盡力了整整五十年。

我喝光水壺裡的水，跟粽葉一起放進皮袋裡。白玲打算接著說些什麼，語氣聽起來很納悶。

「……可是——」「還有——嘿！」

把皮袋往上方一丟，白玲便以極其流暢的動作接住它。

我背靠著牆笑道：

「假如那個蠢蛋繼續侮辱我，妳應該也會忍不住揍他吧？」

晚風吹得白玲身上的外衣隨之飄搖。

——我看見她的臉頰微微泛紅。

她撇過臉，語氣不悅地說：

「……你別太自以為是了。」

這個小公主真是不可愛。我在黑暗當中輕輕揮動左手。

白玲整理好被吹亂的外衣，接著站起身。

「我先走了……聽說明天早上就會決定怎麼處置你。」

「好，路上小心。記得幫我和靜姑娘問好，還有向老爹道歉。」

明天早上啊。意外滿快的。

「——隻影。」

「嗯？」

已經轉身背對我的白玲呼喚我的名字。

疑惑地等待她繼續說下去。在幾次猶豫之後快速對我說：

「……沒有，沒事。晚安。」

「嗯，晚安。」

白玲的腳步聲這才終於逐漸遠去。

我苦笑著在月光下攤開紙張。勉強可以看見上面的文字。

「謝謝你。」

……她真不坦率。

那傢伙未來的丈夫一定很辛苦。

我突然高興了起來，並懷著這份好心情靜靜閉上雙眼。

*

「——隻影閣下，請出來吧。」

「…………唔……嗯？」

那位壯年士官在黎明時分來牢門外要我離開。牢內可見來自窗外的微弱晨光……也能聽見遠處傳來的雞鳴。

我打著哈欠起身，並向他提問：

「……呼啊啊啊……一大早的，你們都在這種時間決定怎麼處置人嗎？」

「請動作快。」

士官沒有回答我的問題，僅要求我早點離開。於是困惑地走出牢門，跟著他走過地下道。這條路看起來很久沒人走過……是密道嗎？

「請把臉擦一擦。」他在途中遞了水壺和布給我，我便毫不客氣地接過並擦臉。

我們一下子往下走、一下子往上走——在不久後看見出口。

我在士官的催促下走到外頭——

「哈哈哈！你來啦，隻影！地牢應該很冷吧？」

「唔！老、老爹？你、你怎麼會在這裡？怎麼連白玲都來了？？」

在外頭等著我的是張泰嵐、一臉若無其事的白玲，以及看起來很開心的朝霞。連靜姑娘都待在他們身後。

老爹穿得和平時沒兩樣，白玲跟朝霞則是明顯做好了出行準備，還牽著三匹馬。

我望了望周遭，俯瞰晨霧籠罩下的臨京。這裡似乎是臨京北方的山丘。

壯年士官對老爹行了一個充滿敬意的禮。

「那麼——本官先告辭了！」

「辛苦你了。感激不盡！」

「能幫上您是我的榮幸。我們待過前線的人絕對不可能拒絕您的請託。」

他在說完這番話後朝著我敬禮，走回我們剛才走的那條地下道。到底是怎麼回事……？

老爹露出豪邁的笑容，拿出一張看起來很昂貴的紙。

「給你的判決下來了。看仔細點。」

「——……好。」

我有點緊張地看起接到手裡的這張紙。

「張氏養子　隻影

汝於宮中恣意妄行，其蠻橫之舉為不赦重罪。

然汝願忍不實之辱，為養父與義妹出拳打抱不平，此舉亦孝亦義。

因此，本官判汝接受以下刑罰。」

……什麼？

我抬起頭，和老爹四目相交。

「『**本官命汝速速離開臨京，以戰功洗刷汙名**』——這上面還有老宰相大人親自蓋的章。他很欣賞你。你們什麼時候見過面的？」

「沒、沒有啊，我沒見過他——……啊。」

該不會是昨天那位老人家……被他擺了一道。我深深低下頭。

「——……我一定會完成這份刑罰。」

「嗯。在我回去之前，敬陽就交給你防守了。還有——」

老爹的表情瞬間變為身經百戰的大將軍，接著對我說：

「我照著你的建議，找人調查過了。西邊似乎真的有些不太對勁的動靜。」

「……那麼真的是西冬嗎？」

張泰嵐很重視各種風聲，連一些隨口提起的建議都不會當耳邊風。

要是西冬真的與玄帝國結盟……

「詳細情況還不清楚。我得跟和平派談出共識才能回敬陽。所以，你就跟白玲先回去吧。」

「……請等等。」

我打斷他的話，看了那位正在溫柔撫摸馬首的絕世美女一眼。

……她就是這種時候真的會美得如詩如畫。

「白玲也要和我一起回去嗎？」

「嗯？那當然。難道你要我女兒變得更討厭我嗎？」

「不，我不是那個意思──噗！」

「拿去。寫這封信的那位姑娘似乎完全無法早起……總之，這樣就算還完昨晚的人情了。」

白玲忽然很不高興地把一份書簡砸到我臉上。

我用眼神詢問靜姑娘是不是我想的那個人所寫的。一見她點頭，我便戰戰兢兢地打開書簡。

「致我最英勇的隻影大人

恭喜你為了保護岳父和小姑的名譽入獄！

真不愧是我的丈夫。

替你準備了一些馬和長途跋涉需要的物資當作小禮。你儘管用，別客氣。

……我應該沒辦法去替你送行，真的很抱歉！還請原諒我的無禮。

昨天我們王家派去西冬的密探回來了，都城裡似乎沒有玄帝國的軍隊。

但是西冬的貿易往來變得異常頻繁，似乎還暗中試射新型兵器。我已經知會過岳父了，還請多加留意。

追記

請你謹記先前那份約定。

很期待下次和你見面。劍和弓會在找到之後送去你那裡。

你未來的正室　王明鈴」

我突然感覺疲憊不堪，不禁垂下肩膀……那傢伙竟然這樣浪費自己的天分。

白玲把我的劍和短劍遞給我。

「好了，我們該出發了。回程不搭船，得騎馬，應該會花上不少天……雖然王家姑娘的一舉一動都很教人看不順眼，但她的眼光似乎挺不錯的。挑的都是上等好馬。你可別跟丟了。我們來比誰最快到敬陽，輸的人得乖乖完成贏家的任何要求。」

事出突然，我不禁愣了一會兒才把劍掛到腰上。對看起來欣喜不已的白玲提出小小要求。

「……妳可以手下留情——」「不可以。」

「哈哈哈！你們路上可要小心喔。朝霞，麻煩妳照顧他們兩個了。喔──我忘了一件大事。隻影。」

「……怎麼了嗎？」

我從靜姑娘手上接過背囊，一邊替馬裝上馬鞍，一邊回應老爹。

隨後，他以滿面笑容大力拍打我的雙肩。

「我很高興你出手保護白玲！我由衷為你感到驕傲！真不愧是──我的兒子！」

「…………唔！」

我頓時說不出話，同時感覺心底湧上一股熱流。

對。他──收這輩子的我當養子的張泰嵐，就是這樣的男人。

一旁的白玲出言調侃。

「你──臉紅通通的喔。」

「……少、少囉嗦！」

我用手摀住眼睛，接著跨上馬，摸了摸馬兒的脖子。

即使騎著上等好馬，從臨京回去敬陽也得花上大約七天時間吧。

我和白玲互看了彼此一眼，向老爹道別。

「那麼老爹，我們走了。」「爹。」

「「我們會在敬陽等您回來！」」

老爹摸著他柔順的鬍子，豪邁地點了點頭。

「嗯。白玲，妳得看好隻影，免得他太勉強自己。」

「老、老爹！」「我知道——駕！」

我忍不住出聲抱怨，白玲卻忽然駕馬離開了。朝霞也緊跟在後。

太卑鄙了。張白玲，妳太卑鄙了。朝霞，妳也是！

我低頭向老爹打過招呼，立刻駕馬追趕那位銀髮姑娘。

——西邊啊……希望不要出什麼大事才好。

第三章

「禮嚴大人，您早！」

「喔，是庭破啊，你起得真早。」

敬陽北方，建於大運河沿岸的城寨「白鳳城」裡最高的瞭望塔。

有人來到塔上，他正是老夫的遠親，也是備受老夫的主子張泰嵐期待的青年——庭破。

他以前有些自視甚高……不曉得是不是因為認識了少爺，現在已經謙虛許多。

說來神奇，少爺總是有辦法讓周遭的人願意力求上進。

……幼小的少爺渾身沾滿襲擊父母和隨從的盜匪鮮血，只能孤伶伶地握著短劍，呆站在荒野之中。老夫當時實在太沒眼光了，竟然堅持一定得殺死他。

看向受到白色晨霧籠罩的對岸。庭破神情緊張地問道：

「看來今天早上也沒有動靜。」

「嗯。」

一邊摸著已經不見一絲黑鬚的鬍子，一邊回應庭破。

老夫已馳騁戰場五十餘年。

憑至今仍然清晰的好眼力，也僅能勉強看見巨大軍旗的影子。這條將大陸一分為二的大河寬廣得宛如汪洋大海。

庭破一臉凝重問道：

「請問張將軍何時會回來敬陽？他已經去都城快三個月了……」

「他還得在都城待上一段時間。必須率領張家軍和都城的軍隊演習，但皇上一直沒有閱兵，而且要說服『和平派』應該也是困難重重。」

老夫那已經在最前線防守整整二十年，可說是為帝國繁榮奠下基礎的主子並不在敬陽。

泰嵐大人認為三個月前——白玲大人和隻影大人遇上的來自西北方的騎兵是威脅，決定去臨京回報戰況，以及要求增派援軍。庭破頭盔底下的那張臉看起來不太高興。

「……都城那些人難不成是瘋了嗎？他們真的認為我們能和玄帝國談和？？」

「老夫已經上了年紀，實在不懂都城的大官們在想什麼。不過……不只是張大人，連先前從都城返回敬陽的少爺都說『臨京人和待在前線的我們眼中所見的景色截然不同』。」

「連少爺都……」

庭破語中摻雜著敬畏。看來他也逐漸了解到少爺是多麼厲害的人了。

白霧漸漸散去。

「少爺真的是個很不可思議的人。他年紀輕輕就懂得後勤有多重要，還擁有藏不住的過人武藝天分。他總有一天會和白玲大人一同成為像張大人那樣撐起張家的支柱。不對……他已經是我們張家軍的支柱。加入張家軍愈久的士兵，愈能看出少爺的『價值』。」

瞭望台底下可見我方士兵們忙得東奔西走。

伙房也飄出大片蒸氣。他們正在燒竹炭，準備替大家煮早餐。

幸虧隻影大人親自與連不諳世事的我都聽聞過的大商家交涉，咱們才終於能夠穩定供應糧食給士兵們。

「不惜努力讓最前線的士兵們每天都能吃個溫飽的將領。」

這樣的貴人是可遇不可求啊！

親身體會到這個道理的張家軍老兵們必定願意為張大人和少爺捨身奮戰。

庭破露出很傷腦筋的笑容說：

「但少爺似乎只想當個小城文官？聽說張將軍會允許他去都城，也是希望他可以放棄當文官這條路。還聽說他很不擅長處理文書事務……」

瞭望塔內其他聆聽我們對談的士兵們忍不住笑出聲。老夫也拍了一下庭破的肩膀笑道：

「他不可能如願的。你也知道少爺武藝過人吧？更何況——白玲大人絕對不會允許他去當文官。因為大小姐從小就夢想和張大人與少爺一同馳騁戰場。」

若要說少爺的缺點，大概就是他對男女的感情事太過遲鈍吧……

老夫來日無多，真希望能早日見他們喜結良緣。

披起掛在椅子上的外衣，命令庭破回報現況。

「找到玄國皇帝和四狼將在哪裡了嗎？」

「很遺憾……派去北方的密探已經好幾天沒消息了。不曉得是被敵人捉住或殺死，還是敵方戒備太過森嚴。我們也還沒掌握到那位可能是先前與隻影大人交手的將領——『赤狼』的行蹤。大概是因為最近天氣差，又有沙塵暴，西冬附近的消息回報得較慢。」

「這樣啊。」

想起少爺剛從都城回來便攤開地圖說：

「敵軍總有一天會察覺老爹不在最前線。老爹能在那之前回來是再好不過，但要是玄國皇帝搶先進攻呢？如果是我——」

少爺後來提了一個讓人拍案叫絕的奇策。

——他是貨真價實的天才。

真沒想到當初那個在有如人間煉獄的戰場上獨活，被許多人認為會帶來災禍的小子會是這麼不得了的人才！

如今回想起來，就只有白玲大人自始至終都堅持不應該殺掉他。

真是奇妙的緣分——不！這或許是命中注定。

庭破狐疑問道：

「……禮嚴大人？您怎麼了嗎？」

「沒事……老夫只是稍稍想起一些往事。張大人要我們在敬陽西方新建的防線應該建好了吧？」

大河沿岸的城寨防線確實牢如銅牆鐵壁。

敬陽東方較容易渡河的地方也有身經百戰的強將防守，假如敵人嘗試與我們正面衝突，那不論他們再怎麼強大，我們也有十二分勝算。

——正因如此，敵國皇帝有可能採取其他計策。

泰嵐大人曾經在口頭與後來寄回敬陽的書簡上叮嚀我們「必須提防西方動靜」。

敬陽西方有片平坦的大草原，可以通往貿易發達的國家西冬。

雖然西冬領土與北方玄帝國相鄰，但中間有地勢險峻的七曲山脈，與會無情奪走入侵者性命的白骨沙漠阻攔。

玄帝國的主力是騎兵隊。任誰都不可能騎馬跨越那座山脈和沙漠。

我方收集到的情報指出玄帝國三個月前派出的斥候部隊在試圖橫越白骨沙漠時失去了眾多兵

馬，甚至在西冬的防線阻撓之下，被迫在極為惡劣的環境下繞道而行。

大規模軍隊基本上不可能跨過那樣的天然屏障。

即使這片大陸已有千年以上的歷史，自古以來仍僅有「雙星」成功做到這般壯舉。庭破敲打鎧甲，發出聲響。

「我們大幅改建了先前那座廢棄城寨，也派駐兩百兵力。隻影大人命其為『白銀城』！」

「嗯……」

老夫不能在泰嵐大人回來之前離開最前線。

雖年事已高，但蠻族們都知道「鬼禮嚴」的名號，想必不會太輕舉妄動。

於是拍了拍庭破的肩膀下令：

「庭破，你可以代替老夫過去看看情況嗎？之後記得向人在敬陽的少爺回報。」

「遵命！……對了，隻影大人寫了封信給您。」

「哦？」

收下摺起的紙片，看看裡頭寫了什麼。

「老大爺！快回來，不然我要被堆積如山的文書淹沒了！還有——希望你幫我勸勸白玲！她每天早上都逼我陪她鍛鍊馬術和武術啊！！！！！」

「呵呵呵……」

不禁笑出聲。

老夫的妻子與獨生子早已離世，幾乎只剩庭破這個親人。

——不曉得若有一個親孫，是不是也是這種感覺呢？

將書簡遞給庭破看，摸了摸自己的白鬚。

「看來少爺也滿辛苦的。不過——老夫可不是白活這麼多年，自然知道禮數。怎麼敢阻礙白玲大人呢。如果少爺願意放棄當文官，改當武官，倒能考慮幫幫他。」

「我也同意您的看法。我會在稟報隻影大人以後盡速返回。」

「嗯。交給你了。」

察覺老夫話中之意的庭破和其他士兵們也笑了出來。得請少爺多吃點苦了。

——這樣他才能夠在不久後的將來冠上「張」姓。

老夫閉上雙眼，向庭破提議。

「雖然夏日將近，但還是稍有寒意。咱們快進去吃早飯吧。」

＊

「唔唔唔……寫不完……沒完沒了啊…………」

我一邊哀號，一邊動筆處理桌上的政務。

今天改在大宅的院子裡工作，試圖轉換心情，進度卻仍幾乎是停滯不前。

午後的陽光非常柔和，引來陣陣睡意。

……現在睡下去，絕對會連晚上都得處理這些麻煩的東西。

「由隻影負責。」

白玲特地在木箱上用紅字寫下這段文字，而接連送來我這裡的文書愈堆愈高，把我壓得喘不過氣。但我聽說其實已經有一半以上是交給其他文官處理，留給張家的只有需要做最終判斷的政務……

「原來老大爺這麼厲害啊……」

我們回來敬陽已經三個月。

我知道代替老爹去最前線防守的禮嚴是經過無數歷練的英勇名將，而這些政務更讓我親身體會到他連內政都很拿手。

原來文官也滿辛苦的……

我嘆著氣，繼續看起下一份文書——這時，忽然有支箭射中了稻草人。射中的位置離軀體有好一段距離。

用髮繩束起銀髮的白玲在稍做思考之後把下一支箭放在弓弦上，以一如往常的語調說：

「是啊。你現在才知道啊？」

「妳居然偷聽我說話。總之……我很意外這年紀竟然這麼能幹。等他回來得好好慰勞他老人家一頓了。」

我抓了抓頭，認真反省。

不能凡事都依賴他，至少得有點長進，才能讓老大爺放心卸下重擔，安享晚年。

我用筆在王家送來的載貨報告最後面寫下「張泰嵐代理」放回白玲的箱子。

為了避免萬一，決定兩個人一起處理政務。

「妳要處理的工作呢？要是只顧著練弓，小心看不完——」

「我早上就全部處理完了。現在只需要等你負責的部分。」

「什、什麼……？」

她射出的箭再次射中稻草人。這次也沒射中軀體，而是射中手臂。

我把筆放到硯台上，刻意哀嘆道：

「怎、怎麼可能！唉……老天爺為什麼對白玲這麼百般呵護！不只貌美武藝好，竟然還有當文官的才能！可惡！我必須嚴正抗議！不過……該去哪裡抗議啊！」

「別顧著開玩笑了，快動你的手。不然志願當文官的你，可就永遠都做不完這些工作嘍。」

「唔……」

她講得非常有道理，我只好哭喪著臉繼續面對工作。

張白玲是足以匹敵王明鈴的才女。

……總覺得不太甘心，卻又有點為她感到驕傲。

稻草人中了第三支箭。這次射中肩頭。我一邊簽名，一邊對她下評語。

「真稀奇耶～妳居然會這麼多箭都射不到中間，是身體不舒服嗎？」

「…………」

銀髮姑娘不發一語拉動弓弦——射出箭矢。

箭精準命中稻草人的心臟部位……嗯？

我因此察覺某件事實，不禁疑惑地叫了她的名字。

「…………白玲？」

「怎麼了嗎？」

這位銀髮姑娘回答得若無其事，拿著弓朝我走來。

她拿下綁著馬尾的髮繩，坐到我面前的椅子上。

我莫名感到愧疚，低頭看向手邊的文書。

「啊，呃……妳該不會——啊，沒事。嗯，是我會錯意了。」

「『欲重挫敵軍戰力，應從增加傷兵下手』——據說這是『雙星』之一的皇英峰大力推崇的訓示。我記得熟知的某個人不論在訓練場還是戰場也會做一樣的事……而且那個人的馬術似乎比我厲害，學學他也沒什麼好奇怪的吧？」

「呃……嗯……是、是啊…………」

我支支吾吾，眼神也開始游移。

她似乎很介意今天早上比馬術的時候輸給我。

明明她贏我比較多次……也太不服輸了吧！

正傷腦筋時，一頭褐髮的隨侍女官——朝霞來到我們面前。

「白玲大人，是不是差不多可以了呢？」

「——可以。妳們去準備吧。」

「遵命♪」

「咦？嗯？？」

還來不及搞懂她們在說什麼，就看見其他女官也走了過來——

「恕我失禮。」「我們需要先收拾桌面。」「隻影大人，麻煩您讓開一下～」

我的桌子瞬間變得乾淨無比。

她們把畫有可愛花鳥的白瓷茶具放到桌上。

又接著放了相同花樣的碗，以及裝著芝麻球的兩個小盤子。

這些餐具全是我在都城時寄回來送給白玲的禮物。她先前明明都沒拿出來用……

銀髮姑娘在我狐疑的視線注視下，依然面不改色。

「我口渴了……但沒有你的分。」

「為什麼啊！」

「你怎麼會覺得沒做完工作的人有得喝茶？」

「唔唔唔……妳、妳這女人…………」

「開玩笑的。來，喝吧。」

白玲一邊調侃我，一邊把茶倒進茶碗裡再遞過來。我輕輕點頭道謝，喝了一口。

這種茶的清爽香氣讓人心曠神怡。

天上飛鳥緩緩劃過天際。今天天氣真不錯。

接著看向白玲，發現她正以非常端正的動作吃著芝麻球。

「……看起來真好吃。」

「的確很好吃。」

「……拜託妳施捨一顆給我吧。好想吃甜的。」

「真拿你沒辦法。」

語氣一如往常冷靜的白玲用小竹籤叉起芝麻球。

然後直接遞到我的嘴巴前面。我忍不住瞇起眼瞪她。

「……喂，張白玲。」

「是你說想吃的。」

「唔！」

她冷靜的答覆令我啞口無言。若是小時候倒無所謂……

然而她猶如寶玉的藍眼裡卻藏著堅不可摧的強烈意志。這種時候的白玲絕對不會退讓。

雖然發現朝霞與其他女官笑嘻嘻地待在柱子後面看戲，我還是死了心，乖乖張開嘴巴。仔細品嘗立刻放進嘴裡的芝麻球。

「味道如何？」

「——……好吃。」

「這樣啊——那真是太好了。」

白玲露出淡淡微笑，拿起桌上的碗。她看起來格外高興。

……她這樣笑起來真美。

我用手指抓起第二顆，放進嘴裡。

「芝麻的香味好像不太一樣。感覺比之前的還要香。」

「這是西冬產的芝麻。最近市場裡似乎很常見到西冬的芝麻，就買來用用看了。當然了，我是向正當的商人買的。」

「哦，真難得——……」

總覺得哪裡不太對勁，頓時充滿疑惑……究竟是覺得什麼事情不對勁？

敬陽離西冬較近，本來就比待在臨京更容易見到來自西冬的商人，可是他們的芝麻大多會留在西冬，很難在其他國家看到西冬芝麻。之前就連明鈴都得不到這種芝麻。

我們從臨京回來敬陽以後，已經確定西冬國內並沒有什麼異狀。

即使有玄帝國的密探假扮成商人，也應該不需要過度提防……

白玲把碗放到桌上，一臉狐疑。

「怎麼了嗎？看你一臉怪模怪樣……雖然平常就很奇怪了。」

「妳也用不著多說這一句吧！總之——沒什麼……只是在想點事情。」

「說來聽聽吧。」

我嘗試把心裡的不對勁化成言語——可是太難以言喻了。我抓抓臉頰，向白玲解釋。

「嗯～……很高興妳願意聽我說，但不知該怎麼形容。就是……覺得心裡好像哪裡怪怪的，可是又沒辦法明確講出是怎樣的怪。」

「你這樣可當不了文官。再多讀點書吧。」

「太無情了吧！張白玲，這個無情的女人！難道妳都不會想好好慰勞一下即使不是當文官的料，還是很努力嘗試的哥哥嗎？」

「之前就說過我從來沒把你當成『哥哥』吧？就算我願意讓步當個『姊姊』也絕對不會認你當『弟弟』，所以我們討論這個只是在浪費唇舌。」

「…………」

聽她講得如此肯定，我便一口喝光碗裡的茶。接著瞥了木箱一眼。

書簡的封面上寫著字跡非常漂亮的「王明鈴」三個字。我撐著臉頰細語道：

「儘管很不想這麼做……看來只能寫封信給她了……那傢伙一定有辦法把我感覺到的不對勁化成言語。只是也很怕欠她人情的後果…………」

「…………」

原本心情很好的白玲忽然變得面無表情。我瞬間寒毛直豎，並察覺到一件事實。

——好像不小心觸怒了一條龍。

於是戰戰兢兢地呼喚她的名字。

「白、白玲……？」

「這位食客，怎麼了嗎？」

嚇死我了！剛才有說到什麼會讓她這麼生氣的事嗎？我雖然心存困惑，還是鼓起勇氣詢問。

她每次氣成這樣都會在我房間待一整晚，到了早上才願意走，而且從頭到尾不說一句話。不想辦法讓她消氣，今晚一定又會遭殃。

「呃……那個……妳、妳為什麼會這麼生氣…………？」

「我才沒有生氣。你眼睛是瞎了嗎？」

「啊，好……」

她這番話真是狠毒。明顯看得出她在鬧脾氣。

我默默等待白玲的下一句話。她低下頭小聲說：

「——……為什麼……」

「嗯？」

我實在摸不著頭緒，隨後她便難得像個孩子一樣鼓起臉頰。

白玲又倒了新的一碗茶給我，接著問道：

「我想知道你為什麼要特地拜託她解惑？」

「啊～……這很簡單啊。」

我苦笑著聳了聳肩。

然後接過茶碗，在道過謝後繼續解釋。

「因為明鈴和妳是不同類型的天才。她讀過數以萬計的文獻，相當博學多聞，而且實際上也是那傢伙幫忙解決我們張家軍的缺糧問題。還有，跟王家做生意的人當中也有和玄帝國有貿易往來的外國人。她說不定知道一些不為人知的消息。畢竟老爹要我守好敬陽，當然不擇手段也要遵守老爹的吩咐。」

「……原來如此。」

白玲點頭相信我的說法，卻顯得很心不甘情不願。

我拿起第三顆芝麻球，開了個玩笑。

「而且我也差不多該回信給她了。妳也不希望我們後勤不利吧？」

「…………」

白玲張開嘴巴，但沉默不語。我吃下最後一顆芝麻球。

我很喜歡這些芝麻球的味道。張家的女官果然厲害。

銀髮姑娘雙手環胸，非常勉強地說：

「……好吧。我允許你寫信給她。」

「謝、謝謝？」

她散發的可怕氛圍害我不小心開口道謝。可、可惡……

我用沾水的布擦拭手指和嘴巴。這時，白玲突然出言命令。

「芝麻球還有很多，你多吃一點，吃完再加把勁處理該做的事。你必須在入夜之前完成所有工作，晚上也要準時睡覺。要是敢熬夜，我可饒不了你。」

*

當天晚上。

「——動作真慢呢。你睡覺了嗎？」

比平時晚一點才清洗完身體的我一回到寢室，就看見白玲舒服地躺在長椅上閱讀古書。她沒有束起頭髮，身上穿著淡粉紅色的睡袍。

我知道多唸她幾句也沒用，但還是開口提醒。

「……只是不小心在沐浴途中打盹罷了。我才想說妳，別若無其事地過來把我的寢室當成自己的寢室！妳已經快十七歲了耶！」

「事到如今還說這個做什麼？而且——」

「……怎樣？」

我坐到附近的椅子上，翹起腳來。

隨後白玲也坐起身，語氣平淡地接著說下去。然而她的眼神卻一反她的語氣，顯得很開心。

「要是我太過避著你，屆時沮喪的反而會是你。」

「——……怎麼可能。」

我拿起畫著花鳥的容器，將水倒進茶碗裡，打算喝口水鎮定心神。

我們晚上聚在一起閒聊的習慣已經持續超過十年。

的確，要是她突然不來找我——……想像那樣的情景，接著粗魯地抓了抓自己的頭，瞪向白玲，當作是一點小小的抵抗。

「唉……受不了妳！這個小公主真是一點都不可愛！」

「記得某位食客今天中午才誇讚我的外貌過人。」

「…………唔唔唔。」

說不過她。我再怎麼努力，都不可能說得過。原來人生路上是如此寸步難行嗎？

明明這都是第二段人生了。

我無力地走往附近櫃子，拿出在都城買的舶來品——一組方方角角的玻璃瓶和杯子。我很喜歡它的深藍色。白玲好奇問道：

「那是什麼？」

「這是山桃酒。是住在敬陽附近的人釀的，好像是去年試釀的酒。我遇到他的時候他正好要送一批酒去都城給人試飲，就請他分了一點給我。」

「嗯？喔，你是說爹的……」

貌美的銀髮姑娘很快就聽出為何會有試釀的酒。老爹不只著重軍務，也相當著重振興產業。這種酒是一名已經離開軍中的男子釀造的，他還幹勁十足地想開拓去都城賣酒的貿易路線。明鈴也曾在信上對他釀的酒讚賞有加。

我把玻璃瓶拿在燈火前對白玲說：

「反正偶爾喝喝酒也沒什麼不好。妳要喝嗎？」

「──好。」

銀髮姑娘看起來有點浮躁，似乎很期待品嘗這種酒。我坐到窗邊的長椅上，拔開瓶栓。

白玲拿起刻有複雜花樣的杯子，說出感想。

「這個玻璃杯真漂亮。」

「這是明鈴之前送來的。聽說是來自比西冬更西邊──甚至要橫越大沙漠才能抵達的國家。那傢伙怪裡怪氣的，眼光倒是很不錯。」

「……是喔。」

她的語調忽然冷淡許多。太明顯了。我把山桃酒倒進杯子裡，同時要她別發脾氣。

「啊～我先說，這些東西本身沒有錯喔。」

「……我知道。我沒有那麼幼稚。」

白玲不悅地噘起嘴唇，拿起杯子。

這種反應就很孩子氣……還是別說出口比較好。我也拿起杯子。

「為在都城奮戰的老爹——」「為在最前線執行任務的將領與士兵們——」

「「乾杯！」」

我們輕敲彼此的杯子，響起一道讓人感到清涼的哐啷聲響。我直接喝了一口。

經過一整年熟成的甘甜美味與獨特的香氣竄過鼻子。

白玲用兩隻手拿著杯子，睜大了她美麗的雙眸。

「…………」

「怎麼樣？」

這麼說來，這傢伙好像從來沒喝過酒吧？

會不會喝一口就醉了……白玲看起來心情很好。

「——意外還滿甜的。很好入口。」

她的表情沒有任何變化。畢竟老爹的酒量也是強如蟒蛇……應該不會怎麼樣吧？

我喝光倒映出月亮的酒，鬆了口氣。

「這樣啊。釀酒的大哥聽到一定會很高興呢。啊，可是別喝太多喔，這種酒好像意外容易喝醉。記得喝多少酒就喝多少水！」

「我知道～不要把我當小孩子。」

白玲噘起嘴唇，一口氣喝光了杯中酒。

……總覺得她眼神好像有點渙散，講話也變得比較稚氣了點？

我見狀便緩緩站起身。

銀髮姑娘一臉疑惑。

「你要去哪裡啊～？」

「我去伙房拿水和下酒菜。馬上回來，妳先乖乖等我。絕對不可以自己一個人喝喔。」

「好～你也快去快回喔～」

白玲舉起左手，回答我的語氣聽起來非常開心，並且起身走往我的床榻。

接著理所當然似的把我的枕頭抱在懷裡，遮住自己的臉。

——嗯，搞不好已經醉了。還是早點讓她喝點水吧。

「我回來了——唔哇。」

我在伙房被傭人與女官們調侃了一番，但他們還是幫我準備了水和下酒菜。趕緊快步返回寢室，卻發現自己做了錯誤的決定。

玻璃瓶裡的酒已經只剩一半左右。

坐在長椅上的白玲彎著腿，用兩隻手拿著杯子，還氣得鼓著臉頰。

她一見到我就鬧起彆扭，並拍了拍自己旁邊的空位。

「……你去太久了。快點來這邊坐著。」

「呃……好。」

我把裝著炒豆子的小盤子和裝著水的陶瓶放到桌上，動作僵硬地坐到她身旁。

坐下來之後，她便立刻像小時候那樣倚靠在我身上。

傳來一陣甜甜的香氣……

「這種酒好好喝。我還想喝。」

「……現在釀造的量好像也愈來愈多了。下次要不要一起去買？這酒連明鈴和靜姑娘喝了也是讚不絕口，朝霞也很喜歡。」

我心驚膽跳地找話題和她聊。沒有一份書卷上曾提到這種時候該怎麼應對，只有模糊印象的前世記憶也派不上用場。

如果是明鈴，我還多少有辦法應付，為什麼就是拿白玲沒辦法呢？——白玲瞇起眼說：

「……你說靜姑娘和朝霞就算了……怎麼又提起王家那個女孩……」

總覺得她眼中的那道藍色變得暗沉了點。好可怕。

我拔開瓶栓，在倒水時刻意提起一件事。

「白玲，妳該不會……喝醉——」「我沒醉，跟平常沒兩樣——隻影。」

「啊，是。」

我不小心破音了。她、她這樣比我待在戰場上時還要更有壓力耶……

白玲摸著我的黑髮，用她那雙宛若寶石的眼睛直直凝視我。

「我是你的什麼？」

「……什麼？」

我愣得眨了眨眼。

——我的「什麼」？

她這樣問，我也不知道該怎麼回答。

究竟是指「青梅竹馬」、「妹妹」、「家人」，還是「救命恩人」？這些都沒錯。

不過——白玲把頭倚靠在我的胸口。

「……你竟然突然自己跑去都城整整半年，又不怎麼寫回信給我……我一個人在這裡好寂寞…………但是很高興你特地送我禮物…………」

「……抱歉。」

我想起她小時候——有時也會像這樣在忍耐到極限之後一口氣發洩出來。

白玲大大鼓起臉頰，往上看向我。

「實在太過分了……老是在誇獎王家那位姑娘，都誇到天上去了。就不曾像那樣誇獎過我。這怎麼行呢？我要表達強烈抗議。你應該要多誇誇我才對，沒錯。」

我抓了抓臉頰，撇開視線。

白玲平常明明是個憑外表就能看得出冰雪聰明的美女……只有這種時候才會突然表現出這個年紀的姑娘特有的可愛模樣，實在是太賊了。

「……我沒誇獎過妳？」

「當然沒有……你連中午的茶點都沒有好好誇獎。」

「茶點？」

我完全摸不著頭緒，只好回問她。

於是白玲挪動抵在我胸前的頭。

「…………你這個傻瓜、大木頭。我很高興你覺得那些茶點好吃。是真的、真的很高興。可是，希望你能講出口。」

那些芝麻球似乎是白玲親手做的。

那個明明無所不能，卻只有廚藝慘不忍睹的張白玲做的！

我很驚訝，也很高興她進步這麼多，便輕輕拍了拍她的背，呼喚她的乳名。

「雪姬真的是很任性啊。」

「我只會對你任性……若是不喜歡，我就不這樣了。但是會鬧脾氣。」

「結果還是會鬧脾氣嘛！」

我苦笑著梳理她變得有些凌亂的長長銀髮。

她似乎覺得很癢，稍微扭了扭身子。接著細聲說：

「……你真的很壞心，欺負人。總是不直接說我很可愛。明明我一直都在誇獎你……」

「不，妳才沒有誇獎我——……白玲？喂？？」

「——♪」

白玲閉起眼睛，就這麼靠在我身上睡著了。

她的身體既柔軟又溫暖。我輕摸她的背，她臉上便立刻浮現幸福的稚氣笑容。

只有睡臉從小到大都沒變。

「……看來得要暫時禁止妳喝酒了。」

我抱起白玲，站起身。

正當我打算把白玲抱回她房間時——她恰巧睜開了挾帶著睡意的雙眼。於是我說：

「今晚該散會了。」

「唔～」

「呃，喂，不要亂動啦！」

她在我懷裡不斷掙扎，只好讓她躺在旁邊的床榻上。

白玲鑽進被褥當中只露出眼睛，簡短說了一句話。

「——……我今晚要在這裡睡。」

「……妳啊。」

我伸出手，打算要白玲離開我的床榻。她露出小時候和我吵完架一定會看到的撒嬌眼神。

幾乎快睡著的白玲已經連話都講不好，卻還是堅持開口：

「我們以前每天都形影不離。我想要一直都待在你身邊。」

「…………真受不了妳。」

我決定放棄勸她起來。

「你這樣……對她太好了！希望你也可以對我這麼好！」

腦海裡的王明鈴氣得跳腳——但我還是熄掉了燈火。

一躺上床榻，一旁的青梅竹馬便伸手摸起我的臉頰。

然後露出燦爛無比的高興笑容。

「……欸嘿嘿。晚安，隻影。」

「晚安，白玲。」

不曉得她是不是終於安心了，很快就進入夢鄉。我替她蓋上被子。

我們現在還沒有足夠能耐代替老爹和老大爺。想必至少還得要好幾年。就今天一晚對她好一點也不會遭天譴吧。問題是——

「……我今晚睡得著嗎？」

這段自言自語逐漸沒入黑暗。

我望著窗外滿月，閉上雙眼。

——好溫暖。

而且好軟。床榻本來有這麼軟嗎……？

外頭隱約傳來幾聲鳥鳴。已經早上了啊。

我在尚未褪去的睡意中睜開眼——然後瞬間睡意全消。

張白玲純真的睡臉近在眼前。

她抓著我的右手，睡得很熟……她是什麼時候來我旁邊的？

我明明刻意睡在床榻邊緣。不對，現在最重要的是得趕快下床才行！

試圖小心地抽離手臂，避免吵醒她——卻完全動彈不得。這、這傢伙竟然抓著我的關節！

正當我煩惱無法離開時，眼前的貌美姑娘緩緩睜開雙眼，一臉睡眼惺忪地看過來。

「早、早安。」

「咦……？早安……」

不行，她根本還沒醒。

該怎麼辦才好……穿著女官袍的褐髮女官朝霞踏著輕盈的腳步聲走進房間。

「隻影大人，您早──……哎呀。哎呀哎呀。哎呀哎呀哎呀♪抱歉打擾兩位了。早餐我會再送來寢室～☆」

她一看見我們便立刻回頭，踩著輕快腳步離去。糟、糟了！

「等、等一下！這是誤會！白玲，妳也幫忙說點什麼──唔喔！」

「……吵死了……我頭……好痛……」

我趕緊要白玲起床，想扶她坐起身，卻被她拉著手臂順勢躺到床榻上。

感覺她昨晚的醉意還沒徹底消散。這位銀髮的貌美姑娘似乎有些生氣。

「……我還要再睡一會兒。你也一起睡。」

「……好。」

我立刻選擇全面投降。自己一定說不贏她。

白玲隨即一臉心滿意足地抱起我的右手，再次閉上雙眼。

真是永遠敵不過這傢伙。

她睡得很安詳。我摸了摸她的銀髮，跟著閉起眼睛。

——願我們可以暫時擺脫世事，享受一段安穩的時光。

＊

我在比平常晚上許多的時間吃完早餐後，繼續面對大批等著處理的文書。

天上烏雲密布，也開始下雨了，所以今天是在大宅裡工作。

自從我們回來敬陽，就幾乎天天都是這種忙碌的生活——不過……

「…………」

沒有束起長髮的白玲坐在我身旁，從醒來以後就一直避免和我對上眼。

雖然並不影響我慢慢剷平這批堆積成山的文書……可、可是氣氛實在很沉重！

「啊～白、白玲……？」

我忍不住膽戰心驚地呼喚這位貌美姑娘的名字。

她握著筆的手驟然而止。

接著以彷彿金屬生鏽的僵硬動作轉頭看過來。

「──有事嗎？」

「呃，就是……」

「如果不是什麼重要的事，就別和我說話。」

「……好。」

她完全不想搭理我。

原因……大概是很後悔昨晚不只喝得爛醉，還直接睡在我的寢室吧。仔細想想，白玲年紀也不小了，甚至有些人到她這年紀早已結婚。

……看來昨晚應該堅持抱她回自己的寢室才對。

我看著雨中的院子，後悔自己昨天的軟弱。這時，朝霞又拿了一疊堆在木箱裡的文書過來。

「隻影大人，您別放在心上！白玲大人只是很怕您看到她很難為情的模樣會對她失望，才會擔心得不知所措而已♪」

她忽然扔了一個新的火種。

我顫抖著看向一旁──然後極度後悔自己這麼做。

有著長長銀髮的姑娘臉上浮現美如仙女的笑容。

「……朝霞？」

「我還有其他工作要做，先告辭了～♪」

「咦？啊，喂！」

褐髮女官完全不收拾自己灑下的火種，腳步輕盈地離開房間。

她、她是故意的！一定是故意的！

我拚命想找其他話題來轉移白玲的注意力，但卻毫無頭緒，只好下定決心開口：

「……我說啊。」

「……怎樣？」

白玲的眼神銳利得像是能射穿人的箭矢。

只是那雙眼中並沒有任何怒火，僅有害臊與羞恥。

我抓了抓臉頰，撇開視線，給她一個忠告。

「妳在我面前喝酒是沒什麼關係……但以後千萬別在其他人面前喝，好嗎？」

白玲的臉頰瞬間染上一片猶如桃子的淡粉紅色。

她摸著雙頰，語氣憤恨地反駁我。

「昨、昨天是我第、第一次喝酒……我、我只是有點太大意了。而且，要是你有帶我回去我的寢室——」

「是妳自己拒絕回寢室的喔，張白玲大人。」

「少、少騙人了！」

她似乎是真的不記得。我直盯著她看，大力搖搖頭說道：

「……很遺憾是真的。」

「……嗚嗚……」

承受不了現實的白玲抱住自己的頭，趴到桌上。

平時張家裡有不少人會稱讚她冷靜沉著，鎮定如冰，很難得看她這副模樣。這下寫信給老爹的時候又多一件事可寫了。

我對在外面柱子的陰影處有點擔心地看著我們的朝霞比手勢。

於是女官點點頭，這才終於真正離開。張家裡的人都非常敬愛白玲。

突然覺得很高興，安慰仍在抱頭苦惱的那位姑娘。

「不過——偶爾這樣也還好吧？反正大家一定比較容易喜歡有點迷糊的人，而不是完美無缺的人。」

「不、不要把我和你混為一談！我也要顧面子的……尤其我原本就很容易被調侃了。」

「嗯？」

我沒有聽清楚氣得低下頭來的白玲說了些什麼。

她動筆處理手邊文書，語氣急促地逼問。

「……沒事，別放在心上。喔，對了，我昨晚應該沒講什麼奇怪的話吧？雖然我不認為自己會亂說話，還是姑且問問。」

「——……沒有。」

我立刻撇過頭。她記得多少？是從哪裡開始沒印象的？？

白玲把椅子挪過來貼緊我的椅子，湊近問道：

「……你為什麼要撇過頭？如果現在坦白，我還可以原諒你。我真的——真的沒說什麼奇怪的話吧？」

……看來是逃不掉了。

我輕舉雙手，聽從她的要求。

「沒有，沒說什麼怪話。妳應該還記得自己把頭靠上我的胸口吧？」

「唔！胸口——……呃……那個……我…………」

白玲的臉再次變得通紅，慌得不知所措。

不、不會吧！她、她居然從剛喝醉的時候就不記得了！

她在我訝異到不禁愣住的時候起身背對我，深呼吸好幾次。

每一次呼吸都讓她後腦杓的髮繩隨之上下擺動。

脖子和耳朵也微微泛紅的白玲故作鎮定地回過頭來。

「——……看來我需要仔細問問你昨晚究竟發生了什麼事。現在就給我全部從實招來！」

「妳、妳也太霸道了吧。」「我只是行使應有的權利。」

她忽然大步逼近，然後雙手扠腰低頭俯視著我。

從白玲的眼神可以看出她絕對不會退讓。

……真、真的要我講嗎？該把張白玲昨天晚上是怎麼瘋狂撒嬌的事講出口嗎？

我在敬陽城牆強化案上簽名表示同意，同時拚命思考該怎麼克服眼前難關——卻想不出半點辦法。朦朧的前世記憶在這種危急時刻總是派不上用場。

白玲以冷淡語氣呼喚我的名字。

「隻影。」

「妳、妳要是後悔也別怪我喔——……等等。妳有沒有聽到什麼聲音？」

「嗯？——……的確。」

我們先是對望之後拿起插在甕裡的傘，一同前往下著小雨的庭院。

我清楚聽見了那個聲音。

「『馬兒奔跑的聲音？』」

榮帝國規定人民在包含敬陽在內的所有城鎮裡騎馬時只能慢步前行，禁止奔跑。

唯一的例外是發生十萬火急的大事——沒錯，也就是敵軍進犯的時候。

在同支傘底下的白玲揪住我的左手衣袖，依偎在我身上。

不久後響起一陣馬嘶聲，大宅裡也瞬間變得喧鬧。

朝霞非常迅速地從走廊上跑來院子裡找我們，手上還拿著一份書簡。

平常總是顯得游刃有餘又難以捉摸的她，如今卻是面色蒼白。

「隻影大人！白玲大人！不、不好了！」

「朝霞，冷靜點。」

隨侍女官的慌張模樣或許反而讓白玲找回冷靜。她要朝霞先別慌。

朝霞這才發現自己太過慌張，接著單膝跪地。

「……失禮了。隻影大人，請您看看這封信。是庭破前往敬陽西方白銀城時寫的。」

「從小城寨那裡來的信？」

我接過信，迅速看過內容。

上頭的字非常凌亂，有些字還被血沾得糊開來了。

「白銀城受眾多紅衣騎兵團團包圍。」

「敵方軍旗與軍袍皆為紅色，猜測是玄國四狼將之一——『赤狼』阮古頤率領的軍隊。」

「請儘快加強防守敬陽。無須派兵救援。」

「唔……！」

白玲倒抽一口氣，摀著嘴巴……那個傻瓜！

銀髮姑娘用力握住我的左手臂，力道大得甚至覺得痛。她忍著焦急說道：

「意思是有大批敵軍成功闖過防線了？白銀城的兵力頂多兩百人，不可能敵得過大軍……我們得趕快想想辦法！」

「是啊……真是的。」

——庭破這樣寫並沒有錯。

畢竟要是特地派人援救少數守城士兵，反被兵力強上許多的敵軍一網打盡，簡直得不償失。

老爹和最精銳的士兵們都還在臨京。禮嚴率領的主力部隊則是在大河。

榮帝國最重要的據點——敬陽幾乎位於將這片大陸一分為二的大運河正中間，而且有城寨防線可以抵禦外敵，所以敬陽裡沒有留下太多士兵。

即使敬陽和其他城鎮一樣有圍牆保護，現在頂多只能立刻動員三千兵力。

不能犧牲任何一位士兵，否則會明顯影響勝算。要是敬陽失守，敵軍說不定會直闖臨京。

如果是王英風——他必定會選擇犧牲少數人來成全大局。

……但我不是他。

我把傘塞給白玲，走回寢室。

「隻影？」「隻影大人？」

我背對她們，把明鈴送來的劍掛上腰際並拿起弓。

然後若無其事地回頭向她們說：

「我去救他們。帶五百位騎兵過去。白玲，妳先做好守城戰的準備——」

「我也去。幫我拿弓過來。」「遵、遵命！」

白玲非常果斷地對隨侍女官下令。

朝霞慌忙離房之後——我刻意以銳利的眼神看向白玲。

「……喂。」

「我也要去。畢竟只有我有足夠能耐和想當文官的你一同出生入死，不是嗎？」

她的語氣非常堅定。

……不行，我就算再和她爭個一百年，也絕對說服不了她。

我閉上眼，道出自己的想法。

「——我們得立刻派傳令去找人在前線的老大爺，要他現在——」「『必須堅守崗位』。」

白玲搶先說出我的想法，於是我點點頭。

這次不同於上次，突然出現成千上萬的大軍……一定會演變成更大規模的交戰。

「等到確認現況，還得派快馬去都城。也要請文官幫助敬陽裡無法上戰場的人、不是士兵的女人和老小去避難。」

「不叫前線的軍隊回來支援嗎？禮嚴應該很快就能趕回來。」

「不行。」

我如此斷言，隨後便和她一起前往走廊，走向馬廄。

——引開前線兵力，或許才是敵人真正的目的。

老爹和禮嚴曾和我提過玄皇帝阿岱的為人，也曾盡可能調查他打過哪些仗。

他雖然殘忍無情——卻也智慧過人。

而他現在派兵前來攻打我們。

我出言點醒張白玲。

「他們已經第二次突然進犯了。妳認為他們會完全不帶腦筋過來攻打我們嗎？」

「…………」

說不定未來功勳會更勝老爹的銀髮藍眼姑娘陷入沉思。

——她現在才十六歲。

不能讓她年紀輕輕就戰死沙場。我暗自下定決心，繼續向她解釋。

「我猜他們第一次只是試探，這次第二次才是真正打算進攻。不，我們或許該以對方會派出所有傳聞中的主力部隊『赤槍騎兵』為前提來思考。」

「唔！」

白玲端正的容貌頓時變得僵硬。

目前張家軍的三萬主力部隊正在建於大河旁的「白鳳城」防守。

……既然我們沒辦法動員白鳳城的主力部隊──

「隻影大人！白玲大人！」在走廊上等著我們到來的女官們叫住我和白玲，遞出箭筒和輕型甲冑。我們接過裝備，邊走邊進行準備。

「玄帝國的目的在於拿下敬陽，以及藉由包圍戰來殲滅我們鎮守前線的主力。要是動員『白鳳城』的士兵去支援，他們一定會立刻跨越大河，大舉進犯我國……老爹就是怕發生這種事，才會一直要求都城增派援兵。」

「那……我們該怎麼辦才好？」

到了馬廄後，發現馬都已經裝好馬鐙。

老兵們以眼神示意我們得動作快，並立刻牽著馬去外頭。

即使情況緊急，大家依然能夠確實將消息傳給每一個人知道。侍奉張家的人都很能幹。

我回頭望向白玲，舉起左手。

「那還用說，當然是挺身奮戰啊。只要撐得夠久，天下無敵的張泰嵐就會帶著張家精銳回來支援。屆時──我們就贏定了！」

銀髮姑娘將箭筒掛到腰上，握緊手上的弓。

「我知道了。既然如此，那就更不能讓你一個人去救援……就算──」

她的雙眸筆直地凝視著我。

「你比爹還要更強。」

我不禁停下腳步。

「白玲……」

我們這一次非常有可能是上戰場赴死。

然而，白玲的表情卻是一如往常，還刻意慢慢屈指數起我的缺點。

「你這個人遲鈍又壞心。說自己想當文官，處理政務又總是拖拖拉拉。還灌我酒害我糗得嫁不出去。而且明明性格這麼爛，卻釣上了一個胸部跟年紀都比我大，外表卻像小女孩的人，真是太不正經了。」

「……喂，妳說的這些全是在冤枉我啊。」

我皺起眉頭抗議。她這麼說也太過分了。

然而白玲卻是露出滿面笑容，彷彿盛開的一朵花。

「不過——我們陪伴彼此整整十年了。不覺得我會想和你並肩作戰，本來就合情合理嗎？」

……真受不了。她都這麼說了，也沒辦法不帶她去。

忽然想起王英風。

說來神奇，沒想到這輩子也有人能當我在戰場上的靠山。只是王英風不會跟著上戰場殺敵。

一想到這裡，我不禁對白玲聳了聳肩。

我們做好萬全準備，朝著外頭走去。

士兵們在雨中整齊列隊，我和白玲則是迅速坐上自己的馬。

我對銀髮姑娘皺起眉間。

「……妳這個小公主真教人傷腦筋！」

「是啊。你應該早就知道，也比任何人都更了解我是這種人吧？」

白玲的愛馬「月影」發出嘶鳴，彷彿在附和牠的主人。

「真是的——大夥們，我們現在就去救白銀城那些急著想死的傻瓜！你們跟著我和白玲走，可別落後了！」

「喔喔喔喔喔喔喔！！！！！！！！！！！！！！」

五百位騎兵同時拔出武器，對天長嘯。

我和白玲四目相交，對彼此點點頭。

——首要目標是阻止白銀城的士兵們付出無謂的犧牲。

畢竟真正的地獄之門還沒敞開。

＊

「全軍停止前進！旗子也放下，不然會被敵軍看見。」

敬陽西方一片受到雨水滋潤的大平原。

我在可以肉眼見到白銀城位於遠處一座小山丘上時命令軍隊停下腳步。

時間接近傍晚。雨尚未停歇。

包圍城寨的紅衣敵軍不只有騎兵，還有不少步兵，但他們似乎暫時停止進攻。原本是個廢城寨的白銀城在被雨淋濕的黑色地面映襯之下，顯得有如一座血湖上的小島。

我瞇細雙眼，定睛凝視敵方在風中飄揚的軍旗。

「金邊的旗子，中間寫著狼……是『赤狼』沒錯。」

我方士兵開始議論紛紛。「喂……」「你看得到嗎？」「少強人所難啦，頂多看得到旗子……」「這麼遠就看得到？」「少爺不是想當文官嗎？」我舉起左手制止眾人竊竊私語。

身旁的白玲咬緊嘴唇小聲道：

「……那就是『赤槍騎兵』。人數大約三千，大概是先派來偵察的。我猜他們應該也是按照常理，把大多兵力留在後頭待命。可是……如果闖進來的只有少少幾個人倒還算合理，他們是怎麼一整批軍隊一起闖進榮帝國的？真沒想到他們可以突破西冬的防線……」

「事到如今，也只有一種可能了。」

我刻意大聲說出口，讓所有人都能聽見。

……能者不論在古代還是現代，都是這麼棘手。

「『西冬』一定背叛了……我應該要在市場上更容易見到西冬貨的時候察覺。看來不只玄帝國，西冬人也一直很積極地在收集情報。他們已經知道我們的兵力，和在哪裡派駐多少軍隊。」

「唔！」

白玲瞪大雙眼，訝異得啞口無言。同時也能感覺到士兵們的錯愕。

西冬與榮帝國結盟數百年，如今卻成了敵人的盟友。

以後榮帝國得同時注意北方與西方兩邊的動向。

被雨淋得渾身濕的銀髮姑娘用力握緊手上的弓，搖了搖頭一臉苦澀。

「怎麼可能……他們竟然可以騎馬跨越險峻的七曲山脈……」

「這是可能的。煌帝國當年也做過一樣的事情，當時還帶著大象呢……」

我尋找殘留在腦袋裡的少許記憶，逕自說道。一名老兵笑著插話：

「少爺！您說得好像當時也在場啊！」

士兵們較平時壓抑的笑聲此起彼落，彈開打在身上的雨珠。我閉上一隻眼，故意找個藉口。

「……抱歉，畢竟我想當文官，看太多書卷有點忘我了。」

這番話適度消去了大家臉上的緊張，許多人都一臉「這人又在說笑了」的神情。

即使面對強大的敵軍，士氣依然未見消退。

真不愧是老爹訓練出來的「張家軍」。

尤其這五百位騎兵大多是老兵，不會害怕上戰場。我很高興有這麼可靠的盟軍。

我和白玲相互對望，接著高高舉起左手。

「所有人聽好。」

我在眾人矚目下掃視全軍，講明計策。

「我會先隻身突破敵陣。你們聽從白玲的指揮，救援白銀城裡的張家軍。我命令你們每一個人都要平安回到敬陽。即使有人受傷，也絕對不可以見死不救。」

士兵們沒有高聲附和，只聽見他們明顯躁動起來。

不過──沒有任何人出言反對。

敵軍約有騎兵一千名，負責支援的步兵兩千名。而我方僅有五百騎兵。

他們能夠依過去經驗得知一般方法不可能顛覆人數劣勢，所以只能選擇信任我這個指揮官。

雖然戰場上偶爾會發生一些怪事，但「人數」足以讓戰局完全無法因為任何意外翻轉。

我這次死在戰場上的機率大約三成……活下來的機率大約七成。很有可能賭贏，還不賴。

白玲駕著白馬湊近我，露出銳利眼神。

「……隻影？」

我搖搖頭，語氣堅定地說：

「要吵架晚點再吵。假如我和妳都闖進敵陣交戰，將會沒人負責指揮。我是張家的食客，不在這種時候立些功勞，可就沒面子了。衝進敵陣之前的路上就麻煩妳和我並肩作戰了！等所有人都救出來之後，妳再用響箭讓我知道……要是我死了，別怨我。但妳一定要活下來。」

「……知道了。你要是死了，我絕對饒不了你。到時候我會和你共赴黃泉。」

「「唔！」」

其他人的目光讓我們只互相瞪視了一瞬間，便立刻撇開頭。

……看來我有不能死的理由了。

士兵們臉上掛著笑容，看起來莫名開心。我拍打雙頰，提振精神。

雨停了。

「好！那麼——」

我把箭放上弓弦，用力拉弓。

弓箭一般射不到這麼遠……但明鈴送來的這把強弓可不一般！

閉眼集中精神，射出這支箭。

——接著便清楚看見包圍白銀城的敵軍軍旗在夕陽下折成兩半。

「唔！？！！」

敵軍的叫吼乘風而來，能稍稍聽見他們的聲音。

我把弓高舉過頭，大喊；

「進攻！！！！！」

我騎馬跑在最前頭，以最快速度全力射出箭矢。

在敵人的弓箭射程範圍外，接連射下每一個映入眼簾的敵軍。

「少爺！」「怎、怎麼可能，喂……」「哈哈哈！早就發現他身手不凡了！」「太、太強了！太強了吧！」我方的驚呼與歡呼摻雜在急促的馬蹄聲中。

我急速接近敵軍，瞄準試圖穩定混亂軍心的騎兵指揮官——然而我還沒射出箭，就有另一支箭射中對方。

敵方指揮官摀著肩膀落馬。

我發自真心稱讚白玲的好弓術。

「厲害！」「這不算什麼！」

我們兩個繼續率領張家軍前進，同時毫不留情地射下敵方更多騎兵。

敵方明顯開始感到害怕。

「我們也要跟上少爺與白玲大人！」

「好！」

老兵一聲令下過後，有辦法在射程範圍內進行騎射的我方士兵也開始放箭。

至於敵軍雖然陷入一陣慌亂……卻也不忘用幾面盾牌掩護傷兵，同時步兵拿起長槍擺好陣形，騎兵也開始集合。他們受到震撼過後振作起來的速度非常快。

而且……記得老大爺說過玄帝國的每一個騎兵都會騎射。

正面和他們比弓術對我們不利。

我拿出三支箭，繼續連射。暫時制止敵方弓騎兵的攻勢並且喊道：

「白玲！就是現在！快走！」

「隻影！可是……我不能留你一個人！」

她的語氣透露出強烈猶豫。

張家人無法對自己人見死不救。

可是沒有白玲負責指揮，我方軍隊勢必會遭到瓦解。

所以我必須賭命成全大局。

隨後，跑在我們後頭的四位騎兵來到我們前面。

他們都是老兵。手上分別拿著大劍、長槍、戟和大槌。

「白玲大人！」「我們會掩護少爺。」「張將軍是我們的救命恩人。」「哈哈哈！現在正是我等報恩之時！」四人自告奮勇，打算隨行。

「喂！你們幾個傻瓜別跟過來！我一個人去就好——」

我扛著弓，拔出腰上的劍想制止他們。然而——

「謝謝你們……那就麻煩你們跟著他了！大夥們，我們進城裡！」

「沒問題！！！！」「遵命！」

白玲搶先向他們道謝，立刻率領其他士兵們再次突擊白銀城。

敵軍變得更加慌亂，城裡的張家軍也開始對他們放箭。

我趁著暫時不會受到攻擊的這段時間要馬兒放慢腳步，對老兵們咂嘴。

「……真受不了你們……」

「我們不能讓您死在這裡。」「不然大小姐會哀痛欲絕。」「也得答謝您讓我們有飯吃。」

「哈哈哈！因為禮嚴大人要我們保護好少爺啊！」

老兵們如此笑道，並握緊各自的武器敲響鎧甲。

「我們——甘願犧牲性命作為隻影大人的後盾！請允許我們陪您一同闖入地獄！！！！！」

……唉。前世也曾見過一樣的景象。為什麼士兵們總是喜歡自己去送死呢？

我粗魯地抓了抓自己的黑髮，翻轉劍刃。

劍身在夕陽底下變得血紅，彷彿吸了鮮血。

「原來是老大爺的主意……薑果然是老的辣！」

「禮嚴大人很看好您。」「還說白玲大人需要您。」「也說張將軍和少爺這樣的人死了會害底下的人吃苦。」「哈哈哈！就讓我親眼見證新英雄的誕生吧！」

……這群傻瓜！

我用劍尖指著幾十名拿著劍和長槍直衝而來的敵方騎兵。

「真拿你們沒辦法。你們用最快速度跟我來，別落後了！不過——要是死了，我絕對饒不了你們！要活下來，才能和我一起想想要用什麼藉口向白玲解釋！」

「遵命！！！！」

我敦促自己的馬全力加快速度。

敵軍最前頭的騎兵大概沒料到我們會只以少少五人衝向敵陣，個個訝異得睜大了眼睛——嘴角也露出嘲笑。

對方將長槍指向我們大喊：

「殺！」

玄帝國獨有的銳利波浪狀槍尖朝我進逼而來。

「——破綻百出。」

「唔！」

我彈開敵人的長槍，隨手揮劍掃過他露出破綻的軀體，區區皮革鎧甲底下瞬間濺出鮮血。

敵軍騎兵的表情顯然無法理解發生了什麼事，就這麼喪命落馬。

後頭其他騎兵隨著最先進攻的騎兵來到我面前——

「真是每個人都喜歡趕著送死啊。」

「唔！？！！！」

我冷冷說完，便在遭我斬殺的眾多敵人中疾馳前行。

身後傳來幾道歡呼，蓋過了敵人的哀號。

「太、太厲害了！」「身手實在了得！」「果真有其父必有其子！」「哈哈哈！」

身經百戰的老兵們加速來到我左右兩旁，發出讚嘆。

看來大家都沒受傷。

我再次揮出一劍，打下射向我的箭矢，並掃視敵陣，尋找敵方指揮官。

——……找到了。

一名年輕男子穿著格外顯眼的紅甲冑，驚慌地揮舞指揮棍。他穿的不是皮甲，是金屬甲冑。

「少爺！」

兩名騎兵躲過老兵們的攻勢展開左右夾擊，我砍斷他們的劍與身軀，甩掉劍上的血。

接著往後方城寨瞥了一眼。敵軍已經開始四散。

「大將在那裡！我們上！！！！！」

「好！！！！」

四人發出英勇咆哮。然而，目前僅剩我沒受到半點傷。

年輕指揮官害怕地用指揮棍指著這裡。

守在他身邊的騎兵……裝備似乎也不一樣？

單是駕馬的技術就看得出他們的騎術很純熟。敵軍穿著紅色金屬甲冑的重裝騎兵兵分二路，試圖夾擊我們。我命令大家繼續加快速度。

「不要停下腳步！打倒眼前所有敵人！」

「沒問題！！！！」

我彈開天上降下的無數箭矢，再用劍把一名打算攻擊我，而且一臉大鬍子的騎兵砍下馬。隨後刻意放緩速度，高喊道：

「別擋路！你們要是不想死，就給我乖乖讓開！！！！」

保護大將的騎兵們開始瓦解陣形，讓出一小條「路」。

我們必須趁現在殺進去！……但是——

後頭的敵方輕騎兵追了上來，發出震耳欲聾的叫吼。

「殺！殺！殺！」

若不想想辦法，我就會在拿下敵方將領之前遭到敵方前後夾擊——命喪黃泉。

即使受了傷還是一直在我身旁奮戰的老兵們在這時駕馬回頭。

「少爺！」「這裡就交給我們吧！」「您去拿下敵將！」

「唔！你們！」

拿著大槌的魁梧老兵跳下馬，大聲咆哮。

「我等現將化身保護少爺的後盾！！！！唔喔喔喔喔喔！！！！！！！！！」

「「「隻影大人！您快走！！！！！」」」

我用力握緊劍柄。等敵軍冷靜下來就來不及了……

於是背對著四人水平持劍，低聲命令：

「……一群蠢蛋。你們先去另一邊等我吧，我們總會再見。」

「遵命！！！！」

一聽見他們摻雜笑意的答覆，便立刻加速疾馳狂奔。

接著闖進敵陣中的那條「小路」筆直衝向敵方將領。

後方傳來一陣震耳欲聾的叫吼、哀號與武器相互碰撞產生的尖銳金屬聲。

——以及人摔落地面的聲響。拿著大槌的老兵臨死前的吶喊傳入我的耳中。

「哈哈……哈哈哈哈！！！！戰死沙場正如我願！！！！我等正是幫助新英雄勇往直前的靠山——……何等光榮！！！！！」

即使再也聽不見他的聲音，我仍然沒有回頭，穿梭在為我們此舉目瞪口呆的大批敵軍之中。

毫不留情地揮劍砍向敵方將領蒼白的面部，然而——

「休想得逞！」

卻被最後一名護衛將領的騎兵出劍擋下。可以瞥見他頭盔下的白髮。

我們交鋒數次，拉開彼此之間的距離。

好強。他想必是經歷過無數血戰的老練士兵。感覺有點像老大爺。

——不過……

「納命來——……唔！怎、麼可能…………竟、竟有如此高手……唔！」

我藉著後仰躲過老騎兵迎面而來的一擊，斬斷他的左手。

最後一名護衛終究難逃落馬。

敵方將領見我準備砍向他，於是喊道：

「怪、怪物！……你、你、你究竟是什麼人！」

「只是個想當文官的人罷了。」

「唔！？！！！」

我沒等他說完，就毫不猶豫地砍飛他的頭顱，接著大喊：

「你們將領的首級——由我張隻影拿下了！！！！！」

「！」

這句話在大批敵軍當中激起了漣漪，使得他們的驚慌逐漸傳染給全軍。

而我也幾乎在同一時刻聽見響箭猶如笛聲的聲音響徹沙場。

——白玲他們成功救出白銀城的士兵，開始撤退了。

不曉得是不是有其父必有其女，她說不定比我還要擅長指揮軍隊。

我微微一笑，揮劍甩開劍上的血——駕馬回頭。

至少……至少帶他們的頭髮回去也好。

「可惡！想在戰場上當我後盾的人總是比我早死……」

我騎的馬或許也感覺到了我的哀痛，抖了一下身軀，彷彿想勸我振作起來，化作一陣迅疾如雷的疾風開始奔馳。

……也對。

「我死了會害白玲難過！」

我激勵自己，直直衝向敵方陷入混亂的騎兵陣裡。

——我在當天深夜成功脫離戰場，隻身抵達敬陽。

正當我被在城門等待的白玲強行帶去療傷時——傳令捎來了一個壞消息。

『玄皇帝阿岱已率大軍坐鎮大河北岸。應為大舉進犯之兆。』

我們直到隔天早上才知道——

那天那場仗只不過是前哨戰。

第四章

「叩見偉大的『天狼』之子——阿岱皇上！屬下竟能親眼見上您一面，實屬光榮。目前派出的各支軍隊共二十萬大軍已就定位。隨時聽候皇上的差遣！」

大河北岸。南伐據點「三星城」。

老元帥的回報響徹了深夜的大會議堂。

身經百戰的勇將與強將也渾身散發強烈鬥志與緊張，深深低下頭來。

我——玄帝國皇帝阿岱韃靼搭乘戰船前往睽違三年的戰場，極為心滿意足地坐在皇位上。

手上這只金屬杯——來自「新從屬國」的貢品映照出我的側臉。

長長白髮與黑眼，以及自七年前——十五歲登基時就幾乎不曾成長過的容貌、纖瘦又嬌小得有如年輕姑娘的軀體。我揮不動劍，用不了弓，甚至無法騎馬。

我這樣的人一般會在以武藝為尊的我國遭受蔑視。

然而，在場的所有人對我只懷有敬畏之情。

——因為他們都知道自己敵不過我。

我翹起腳，舉起左手。

「平身。先坐下吧。很高興你們這麼有鬥志，不過……此次無需心急。」

將軍們一臉狐疑。

我親自上陣指揮的「每一場仗」都著重速戰速決。

而自從十五歲初次上陣指揮至今，從來不曾吃過敗仗。

我要一旁待命的年輕侍從官替我倒馬奶酒，接著說道：

「我國兵馬不習慣搭船，這一趟已經讓大家疲憊不堪。我們先悠哉等待增援抵達吧。」

我國人民的家鄉位於北方那片大草原——也是過去的「燕國」領土。

不常搭船的人和馬難免會感到折騰。

不過，對岸的「張家軍」似乎沒料到我國在東北部——連榮帝國密探都無法潛入的地方打造一大批運輸船隊，還利用強烈北風渡過大運河。而且河口有其他船隊守著，他們想必難以動彈。

老元帥深深低下頭。

「知道皇上如此為士兵著想，屬下實在感激不盡。可是……」

他只說到一半，便沉默不語。

我喝掉半杯酒，說出他本來想說的那句話。

「你想說『不趕快進攻，棘手的張泰嵐會從那群恩將仇報的傢伙掌管下的都城趕回來防守』——是嗎？」

「……是！」

我「今生」的父親——當時已來日無多的先帝七年前最後一次親自征戰，正是斷送在榮帝國那位數一數二強悍的將軍張泰嵐手上。

他武藝精湛，甚至與「赤狼」一對一交手仍能打個平手。

其指揮軍隊的實力也是毫不遜色，若不是由我坐鎮指揮，我軍想必會被他打得節節敗退。

假如沒有張泰嵐，我們早已成功跨越大河。

也早就攻下臨京。接著殲滅摧毀盟約，試圖恩將仇報，趁隙掠奪領土的那群人——完成除了「老桃」誕生的神話時代與千年前的煌帝國時代以外，無人達成的天下統一。說不定先帝也不會含恨而終。

這七年來……張泰嵐在無數小規模交鋒當中皆對我軍造成不小的傷害。在戰場上相當棘手，對付起來並不容易。

……「雖然他還是遠遠不及皇英峰」。

感到胸口傳來一陣微弱的痛楚，喝光整杯馬奶酒。

「別擔心——我已經想好對策了。他無法太快離開那群恩將仇報的人所在的都城。我們有非常足夠的時間達成目的。」

「喔喔……！」

本營裡的讚嘆聲此起彼落。在場所有人都知道張泰嵐有多難纏。

我將手肘放在皇位上，嗤之以鼻地看著攤開在眼前的地圖。

「張泰嵐」——那位大名鼎鼎的將軍與他的部隊得被迫留在臨京。

「你們想知道他為什麼無法太快離開吧？因為即使那些人已被祖父驅逐至大河以南——也就是過往『齊國』所在之地五十餘年，人的本性仍不會輕易改變。」

各個將領臉上皆充滿疑惑。這裡並沒有善於謀略之人，他們要不是留在皇都，就是已經派遣到我國新的從屬國。

「張泰嵐無疑是廣為後世流傳的勇將。卻也正因如此——」

不論是哪個時代，都會有人厭惡清廉正直的強者。

……就好比過去愚蠢的「王英風」。

我一邊回揭苦澀的往事，一邊要侍從官再替我倒馬奶酒。

「希望對我國朝貢求和的派系似乎非常厭惡他。我已傳話給他們之中地位較低的人。說『若張泰嵐贏下這場仗，你們將再也無法享有和平』——效忠南方偽帝的張泰嵐在他們爭完永遠得不出結論的爭論之前，很難離開臨京。他親自率領的那支精銳部隊也一樣。萬一他有辦法趕回來，也只要設局讓他沒有容身之處就好。」

各個將領再次深深低頭。

「皇上的深謀遠慮著實令人敬佩！」

「區區一點兒戲，不值得你們誇讚。」

我喝下第二杯馬奶酒，看往桌上那張精緻的戰況概略圖。

鎮守南岸的敵軍將領是——「禮嚴」。

回想起他過往的事蹟，輕輕拍手道：

「喔，這是那位隻身闖入先帝大本營的老人家吧。真是奇妙的緣分……但也是個麻煩。對張家極為忠誠，不可能在主子不在的情況下輕易離城。要是強行進攻想必會付出不少犧牲。」

將領們的目光全在我身上，避免漏聽我的一字一句。

……其實我尚未習慣「皇帝」這個地位。

只是這點「演技」早已駕輕就熟，也知道該怎麼統率這些將領。

「王英風，其實你只要別讓別人看見你心裡的不安，展現自信就夠了。」

我不禁露出笑容，把杯子遞給侍從官後站起身。

「我們只需在此地等待疲勞的兵馬恢復精神，與一同在北方討伐蠻族的『三狼』前來會合。之後——」

我拔出腰上刻劃著古老大桃樹的短劍，插在戰況概略圖上。

——敬陽。

「我的忠臣『赤狼』阮古頤會替我們拿下這一仗。」

「祝阿岱皇上武運昌隆！！！！帝國帝國萬萬歲！！！！」

將領們一同喊道。

我微笑以對，優雅地對他們點了點頭。

阮古頤不惜暫時拋下名譽，耗時三年策劃的計策可說是無懈可擊。我們的戰力非常充足，後勤也已經準備萬全。

我用眼神要侍從官將金屬杯遞給將領們，替他們倒馬奶酒。

——畢竟「早在西冬歸順我國之時，便已勝券在握」。

如今就大局來看，是否攻打敬陽已不值得爭論。

阮將軍應該也懂得這一點——忽然想起這位忠臣在書簡上提到的「那名人物」。

……張泰嵐的女兒。

有其父必有其女，不能太過大意。

不過，對付一隻幼虎絕對難不倒阮古頤。

畢竟只有「那傢伙」——只有手持天劍的皇英峰能夠生來就強如猛虎。

我掃視每一位將領，刻意顯露微笑。

「各位今晚就儘量喝個痛快，養精蓄銳。我們來仔細欣賞『赤狼』有多少能耐吧。」

＊

「糧食和水的存量夠嗎？」

「還有很多。因為張將軍跟少爺之前就吩咐我們得先做好準備！尤其那個……好像是叫餅乾的東西？實在是很方便保存。」

「快叫居民們去避難！第一優先是小孩子，第二優先是有小孩的女人，第三優先是無法上戰場的病人和重傷傷患，第四優先是老人。」

「北方兵馬行軍異常快速，動作快！動作快！」

「別忘記監視西方動靜。只要發現任何一點異狀就立刻回報給隻影大人。」

隔天早上，敬陽張家大宅書房。

接到玄帝國軍隊正準備進攻的消息之後，一大早就有不少人急忙進來回報現況。

我坐在椅子上，看著不久前收到，同時是由最前線的禮嚴親筆寫的一張紙片。

「眾多敵船突襲，敵方將領似乎已接連會合。」

「雖無法得知敵軍總數，但依往例推斷，應為二十萬以上。」

「請立刻要求都城派遣援軍。」

……敵軍知道老爹不在最前線，才展開這次大舉進犯。

即使禮嚴是身經百戰的強將，率領的部隊也個個是精銳，面對二十萬大軍還是——

「隻影大人！」

正煩惱我們無法避免險峻情勢時，活著從白銀城回來的庭破忽然跑進書房。他頭上的止血布滲出鮮血，鎧甲也沾到不少髒汙。我回過神向他問道：

「你現在走動不會影響傷勢嗎？」

「這不過是一點小擦傷。真的非常感謝您昨天捨身相救！」

「救你們的是白玲。而且我不是出於好心才這麼做。」

我朝著走近的青年輕輕揮了揮手。

大宅外傳來馬嘶聲與孩子的哭聲。他們已經開始往郊外避難。

「你覺得我一個張家的食客要是還沒上場打仗，就打算對張家軍的士兵見死不救會有什麼下場？能否打贏守城戰純粹看士氣，何況對手還是強將『赤狼』率領的『赤槍騎兵』，大家極有可能還沒開打就先氣餒了。所以我非得上戰場賣命不可。反正就算我死了，也還有白玲在。」

「…………」

庭破露出相當複雜的神情，陷入沉默。

我不理會房內其他女官和士兵們直盯著我看，盡可能以輕鬆語氣向他說：

「所以——你不需要放在心上。不過！既然成功活下來，就得乖乖做事。老大爺他們沒辦法撤離大河，導致我們這裡沒有足夠指揮官帶領軍隊。你可別害『鬼禮嚴』的名號蒙羞喔。」

青年士官表情明顯僵硬起來。似乎還變得有點蒼白。

「……聽說阿岱韃靼也和大軍會合了，是真的嗎？會不會只是敵方刻意撒謊嚇唬我們？？」

「十之八九是真的。」

我聽見大宅裡微微傳來年輕女子的聲音。似乎是在制止誰。

……應該是朝霞吧。我請她說服那傢伙，難不成失敗了？

我攤開雙手，對庭破講述自己的想法。

「小時候常聽老爹和老大爺和我說戰場上的故事。他們說阿岱纖瘦嬌小得像個姑娘，甚至揮不動劍、騎不了馬……可是老爹和老大爺在七年前那場大仗，面對年僅十五歲的皇帝卻無法取下他的首級，也沒能成功擊潰不久前被他們打得奄奄一息的軍隊。他絕對是個怪物。『赤狼』在三年前遭到貶職的消息，說不定也是他們的詭計。」

室內瞬間充滿談論聲。庭破以顫抖的聲音問道：

「您、您說他們是刻意誘使我們掉以輕心嗎？這、這怎麼……可能……」

「不然他們也沒辦法準備可以載運二十萬大軍渡河的船。但是大河的城寨防線是銅牆鐵壁，就算他們兵力上有優勢，也很難攻下來。所以他才會——」

我依序指向桌上那張地圖的地點。

玄帝國南部的大森林與難以通行的七曲山脈。

以及山脈另一頭的西冬。

最後——是我們所在的敬陽，以及將大陸一分為二的大運河。

室內的所有人在不知不覺間靜默下來，仔細聆聽我說話。

「『赤狼』率軍闖過西南部的無人之地。他們不只使西冬歸順玄國，還大舉進攻敬陽。他們大概一直在等待附近吹起夠強勁的北風。派去駐守大河北岸的軍隊是讓禮嚴無法輕易離開大河的『誘餌』。敵軍主力是『赤槍騎兵』。他們打算讓敬陽孤立無援，再利用包圍戰術攻下這裡……阿岱面對我們絲毫沒有大意。也難怪老爹會稱讚他。」

「……所以我們無法太快得到援軍，是嗎？」

庭破握緊自己顫抖的手，努力擠出這句話。

「負責護衛避難人民的部分老兵、新兵和義勇兵約一千餘人。我方戰力最多不會超過兩千。然而西方的敵軍——」

「至少也有一萬人。我聽聞阿岱行事果斷，或許會派出我方十倍左右的兵力。」

「…………」

所有人都陷入沉默，壓低了視線。

敬陽是張家的大本營，整整五十年來都在持續加強對外的防禦。

然而……面對如此兵力差距，仍然無可奈何。我藉著拍手發出聲響，刻意以輕鬆語氣說道：

「你們用不著一臉愁容。萬一他們不只成功渡過大河，還攻下敬陽，臨京也會跟著遭殃。都城那邊一定會派援軍過來。為此——……」

外頭傳來一陣馬嘶聲。

「白、白玲大人，您先別走啊！」以及朝霞的哀號。

隨後便有一匹美麗的白馬——「月影」伴隨著疾馳的馬蹄聲而來。

束起銀髮、身穿軍袍的白玲以輕盈體態下馬，絲毫感覺不出她那身裝備的沉重。然而貌美的臉龐只存在滿滿的怒火……我好想逃離這裡。

氣得彷彿連銀髮都要隨著怒意飄起的她大步走進房內，其他人立刻往左右退開，並像是想躲避暴風雨似的急忙離開。

隨後——咚！

白玲以雙手大力拍響桌面。

「隻影！！！！你給我解釋清楚！！！！」

穿著輕型甲冑的朝霞與其他女官從外頭的石柱後方探出頭來，以唇語對我說：

「（我攔不住她！還請您將書簡交給她。）」「（再來就麻煩您了！）」

……她們今天早上明明還很有自信能攔住她。

我鬆開衣領，向眼前這位火冒三丈的貌美姑娘問道：

「看妳急急忙忙的，怎麼了嗎？」

「……你這是什麼意思？」

她纖細的手臂捉住我的衣領。

不曉得是不是太過用力，原本就相當白皙的手又變得更白了。

「你為什麼——要我負責帶急報去都城？給我解釋清楚！」

……看來她是在聽朝霞她們解釋之前就衝過來了。

我沒有逃避她的眼神，只是語氣平淡地解釋理由。

「這很簡單。現在船不是去逃難就是被敵軍逮住了。水路也早已遭他們攔截。所以，我們要去都城只能騎馬。客觀來說，妳和朝霞是留在敬陽的人之中最善馬術的兩個人。我還會再派其他人去，總共十組人馬，共二十人。挑的全是馬術過人的高手。要是沒有援軍過來，敬陽遲早會被攻陷。等敬陽被攻陷——再來就輪到臨京了。必須盡其所能地讓消息傳到都城。」

「……………」

貌美的銀髮姑娘瞬間靜默——並先行撇開視線。

張白玲是個才女。

她想必也能夠理解我這番話中的道理。白玲勉強找了個理由反駁。

「……單論馬術，你不也很厲害嗎？」

「我不能踏進都城的刑罰還沒結束。」

她抬起頭，狠狠瞪著我。

那雙寶石般的蒼藍雙眼泛出淡淡淚光。

「……都這種時候了，別開玩笑！」

「我怎麼可能有心情開玩笑。快把手放開。」

「……………」

白玲心不甘情不願地放開手。

我一邊整理被抓亂的衣服，一邊起身走往白玲面前。

接著豎起左手食指，講出一個聽來合理的藉口。

「聽好，不論是留下來和兵力是我們好幾倍的敵軍交戰，還是不分晝夜地快馬趕往都城，都是非常危險的事。畢竟敵軍很可能會派人追殺傳令。所以我負責殺敵，妳負責傳令。這樣沒有誰特別吃虧吧？」

「——……我……」

白玲無力地將頭倚靠在我胸口上。所有人都倒抽一口氣。

好幾年不曾聽她以這麼脆弱的語氣說話。她的眼淚逐漸沾濕我的衣服。

「……難道我，沒有資格和你……一同出生入死嗎…………？」

她似乎比我想得還要在意昨天沒能和我一起闖入敵陣……

我以非常輕的力道輕拍了幾次她顫抖的背。

「妳怎麼還是這麼傻呢？當然不是那樣啊。只是啊——」

「——……只是？」

白玲抬起頭，紅著眼眶重覆我所說的話。

我短暫猶豫了一瞬間，低聲說道：

「……跟我一同出生入死的人似乎都會比我早死。昨天和我一起衝鋒陷陣的四個人也死了。明明一直要他們小心別命喪戰場。所以不希望妳也走上一樣的路。」

「………………」

大粒淚珠從白玲眼中滑落……我實在不擅長應付哭泣的人。

我往後退開，盡可能以開朗語調拜託她。

「總之！希望妳儘快去都城報告戰況，要老爹和最精銳的三千士兵回來。最好可以順便帶上一些援軍。」

「……你這是………命令嗎？」

白玲恢復平時的語氣，以銳利眼神瞪過來。我笑著搖搖頭。

「不是。畢竟從當初回來敬陽時奇蹟似的跑贏妳，至今都沒用掉提出要求的權利，我只是趁這時候行使罷了。妳不是說『輸的人得乖乖完成贏家的任何要求』嗎？」

「……………你太卑鄙了。」

她透過雙眸釋放內心的激動，並捶了我的胸口好幾次吶喊：

「你總是這樣……我其實……我其實也想幫你——！！！！」

我任她繼續出氣，用手指替她拭淚。

「……在上戰場前流淚很不吉利喔。」

「……我才……沒有……流淚……」

白玲一邊以顫抖的聲音說道，一邊離開我胸前，並將手伸向自己的後腦杓。

隨後便拉下她的紅色髮繩，遞到我面前。

那是我年幼時用過的繩子。

「這是我的寶物。在我回來之前，就先交給你保管了。千萬別弄丟嘍？」

「知道了——……那麼，我也送妳一個禮物吧。」

「咦？」

我離開疑惑的白玲身邊，前去打開抽屜。

然後拿出裡頭的一個小布袋，遞給眼前這位放下頭髮的姑娘。

「這是……？」

「本來就打算等妳十七歲再送。妳得騎馬，頭髮要乖乖綁好。」

白玲從布袋裡拿出一條有著精緻刺繡的紅色髮繩。

這是我特別向敬陽近郊的工匠訂做的。

「……唔！」

白玲將髮繩拿到自己胸前，哭喪著那張端正的美麗臉龐。不過她還是立刻以流暢的動作綁起馬尾。

……很適合她。

我心滿意足地再次用手指為她擦拭眼淚——我們對彼此點了點頭。

美麗的銀髮姑娘挺直背脊，語氣非常正經地宣告：

「我張白玲——願意擔任前往都城的傳令。你要是擅自戰死沙場，我可饒不了你。」

如此說道的她伸出拳頭，充滿決心的雙眼彷彿想對我下戰帖。

我苦笑著握拳輕碰她的拳頭。

「好，放心吧！我本來就不打算死在戰場上。上輩子就決定好這輩子要死在床榻上了。」

白玲臉上露出淺淺笑容，接著轉過身。

那道背影的細聲低語傳進我耳中。

「……這個傻瓜……朝霞，我們出發吧！」

「遵、遵命！」

杜子後頭的褐髮女官隨即跑來庭院。我點頭回應她的眼神。

隨後，身著戎裝的朝霞輕敲腰上的短刀，保證會保護好白玲。

白玲騎著的月影發出嘶鳴——

「駕！」

就這麼和朝霞騎著的褐毛馬一同迅速消失在我的視野當中。

……那傢伙刻意避著我的視線。

我把她交給我的髮繩綁在劍柄上，不久就見到庭破回來了。他戰戰兢兢地問：

「讓白玲大人當傳令真的沒關係嗎？」

「沒關係。」

我簡短回答，沒有再多說什麼。

萬一敬陽淪陷，那傢伙遭到敵軍俘虜——鐵定不會有好下場。「張泰嵐的女兒」這個身分極具價值。

……或許應該在送她離開前抱抱她的。

正當我沉浸在感傷之中，晚了一步到場的幾個人忽然開口叫罵。

「隻影大人，您在這種時候還不給大小姐一個擁抱，真是太無情了！」「雖然我們都知道您很遲鈍，可是……」「遲鈍到這個地步是種病了吧？」「我看大小姐現在都哭成淚人兒了吧。」

實在太難以置信了，竟然沒有人替我說話。白玲就是這麼廣受愛戴。

「唉！你們少囉嗦啦——！快點做好工作！我們沒時間了！」

「遵命！」

我刻意以誇張語氣斥責，他們也隨即一同笑著朝我敬禮，回到自己的工作崗位。

感覺氣氛比較沒那麼凝重了。

——至少得活到白玲回來。不然就無法遵守我們的約定了。

我摸著綁在劍上的髮繩，重新堅定了自己的決心。

＊

「喔喔～真壯觀。」

送白玲離開以後的隔天早晨。

敬陽已被多如雲霞的敵軍團團包圍。

人數——目測約三萬以上。比我預料得多上不少。

眼前這些騎兵與步兵全穿著紅色軍袍，軍旗上寫著「玄」字。

也能見到正準備撲向獵物的「赤狼」——三個月前遇到的敵軍將領就在主陣裡。

在光芒照射下閃爍的裝備與厚重的大鼓響聲營造一種特殊的壓迫感。我一腳站在城牆上，出言讚賞。

「原來……『赤狼』並不是把麻煩事推給屬下，而是自己率軍完成了這次大遠征啊！雖然他是我們的敵人，但實在了不起。還是他一直記著三個月前的仇，才會親自過來呢？總之，這個景象真是太不得了了。」

「隻、隻影大人，請您退後！這樣會被敵人射中的！」

庭破面色蒼白地抓住我的左肩。其他士兵們也是神情僵硬。

……這樣會影響士氣。我以一如往常的語調問：

「庭破，我們的士兵都就定位了嗎？」

「是、是，東西南北四個方向的兵都就定位了……可是──」

「嗯，那就好。」

我在他說完前搶先打斷。若我們遭受比預料中更多的兵力正面突擊，一定會淪陷。

一個好將領即使身處絕境，也能冷靜思考。

不過──要是我們沒守住，大河的張家軍就會慘遭前後夾擊，全軍覆沒。

我們可不能早早將勝利獻給敵人。

我環視周遭，露出笑容。

率領軍隊的將軍必須展現自信，不能將內心不安表露在外。

「好～我要去和敵方將領打聲招呼。你們要一起來嗎？」

「…………什麼？」

不只是庭破，連其他士兵們都愣住了。

庭破晚了一點才回過神來，面部僵硬地勸諫。

「隻、隻影大人……您還是別在這種時候講玩笑話比較好…………」

「我不是在開玩笑。嘿。」「唔！」

我跳下城牆，從途中的階梯前往西門。

不理會一臉疑惑的西門士兵們，直接大喊：

「我要出城！牽一匹馬過來！」

「唔！遵、遵命！」

看起來完全是個小男孩的新兵驚訝歸驚訝，還是替我牽了一匹黑馬。

我輕快地跨上馬，輕摸牠的脖子。接著開口下令：

「開門！」

「請、請您等一下！！！！」

庭破倉皇跑下石梯，幾乎快從樓梯上摔下來。

他緊抓馬鞍，拚了命喊道：

「您不可以自暴自棄啊！即使敵人再怎麼強大，只要我們團結一心，還是有機會打勝仗的！而且要是隻影大人出了什麼事，我們也難保敬陽啊……！」

「就是因為這樣我才要出城。」

西門逐漸敞開。我小聲安撫庭破。

「（……我們的敵人是強將『赤狼』和他底下的三萬精銳。不想辦法提振士氣，根本不可能撐到老爹他們回來救援。這種時候再怎麼講道理說服大家也沒用。所以暫時身為大將的我必須展現鬥志，鼓舞士氣——就算只是做做樣子也好。）」

「唔！……您、您實在是……」

庭破震驚得彷彿遭到天打雷劈，瞪大了眼睛。我輕拍他的肩膀安慰他。

「別露出這種表情，我馬上回來。走了。駕！」

「隻影大人！」

我駕馬穿越門縫出城。

大鼓的節奏變得更快，排好陣形的敵方騎兵接連舉弓瞄準我。

——然而……

鼓聲驟然而止，弓兵也逐漸退開。我瞇細雙眼自言自語：

「……居然不只軍鼓停了，還刻意要他們別動手。這男人行事真有規矩……」

我在城門和敵方軍隊之間停下馬，拔出劍。

紅色髮繩在陽光下變得耀眼。

「吾乃隻影！亦為暫管敬陽之人！我要你們的大將速速現身！」

想必沒有任何人料到我會如此要求，連敵方士兵都顯得困惑不已。

敵我雙方的談論聲此起彼落。

——和敵將一對一交手。

不久，敵方軍隊忽然向左右兩旁散開。

一名壯年武將手持有著狼雕刻的巨大方天戟，身穿深紅色甲冑，騎著一匹強壯的巨馬而來。

男子左臉上有道大傷疤。

他果然就是三個月前和我交鋒的那位將軍。

我打橫持劍的右手，對後頭的我軍示意。

「絕對不可以攻擊他。」

和我一樣在一段距離外停下馬的敵方將領吶喊。

「吾乃阮古頤！亦為玄國四狼將『赤狼』！張隻影，等你很久了！」

敵軍傳出震耳欲聾的歡呼聲。我方則是傳出無聲的呻吟。

單是雙方反應之差便能理解——

——這傢伙鐵定是百鍊成鋼的強者。

我用劍尖指著他回應：

「阮古頤！你成功率領大軍翻山越嶺，來到此地——著實令人佩服！看在這般壯舉的分上，我允許你安全撤回玄國，不加以追擊。別浪費三個月前撿回來的小命！」

敵方強將臉上顯露些許吃驚。

然後——

「哈哈哈哈哈！！！！！！！！」

他豪邁的大笑足以響徹這附近一帶的每個角落。

隨後便眼神凶狠地揮舞幾下那把大戟，駕馬朝我奔來。

我也立刻駕著黑馬衝上前。

「難得有人面對我竟沒有一絲畏懼！我欣賞你的膽量！——不過！」

「唔！」

我用劍接下阮古頤在與我擦身而過時施展的恐怖一擊。

相當刺耳的金屬聲響起，還讓我的手開始發麻。他的力氣大得驚人！

「唔！」

一旁觀戰的士兵不分敵我，皆發出驚嘆。他們很訝異我竟然能夠架開阮古頤強勁的攻擊。

阮古頤在遠離我一段距離後，再次加速駕馬突襲。

「大話說過頭可就和吹牛沒兩樣了。張家的小鬼，受死吧！既然你在我臉上留下這道疤，我就帶你的首級和妹妹回去獻給阿岱皇上雪恨！」

「哈！別說傻話了！誰會把我們張家可愛的小公主交給十惡不赦的大壞蛋啊！」

一回合、兩回合——我們的動作在每一次交鋒之後愈發快速，在彼此之間敲出刺眼的火花。

明鈴替我挑的這把劍發出哀號，接著我拉開距離，一邊要馬兒轉向一邊出言調侃。

「而且啊！我老爹老早就看破你們的伎倆了！最後一定會是我們拿下勝利！」

「少痴人說夢了，小鬼——！！！！」

第三次衝刺。

我躲過刺來的戟，揮劍反擊，在被擋下之後和他並肩前行，又是好一陣子的刀光劍影——他架開我瞄準頸部的一劍，我不禁隔著武器發出讚嘆。

「厲害！假如你效忠我老爹，早就天下太平了！……真沒想到你們玄國還有其他三個和你實力相當的高手！」

「我才想說你身手了得！」

阮古頤眼神變得更加銳利，當中摻雜著猜疑。

他有些焦躁地藉著轉動方天戟揮開我的劍，並在和我拉開距離之後叫喊：

「小鬼……你究竟是什麼來頭！擁有這般武藝，怎麼會默默無聞！」

「哈！這還用說嗎？」

擋下無數次強勁攻擊，我手上這把劍也瀕臨極限。

如果有「天劍」——不，至少有其中一把，就不用煩惱這個問題了。但抱怨再多次也沒用。得找個適當時機結束這場單挑才行，否則會輸在武器太過脆弱這點。

「因為我壓根兒就只想當文官！本來會一輩子在鄉下地方過著安穩生活，根本不會來這種殺氣騰騰的地方……你們這些混蛋別擅自毀了別人的人生規畫啊！！！！」

「痴人說夢！」

阮古頤瞬間神情猶如惡鬼，並直直朝著我衝過來。

他用雙手持戟，似乎打算使出比先前還要強勁的一擊！

我揮劍準備彈開他的攻擊，然而——

「唔！嘖！」

劍刃卻在途中斷裂，插到地上。敵方將領臉上顯現奪勝的得意模樣。

「真可惜啊，受死吧！」

「誰會乖乖被你殺啊！蠢蛋！」

「唔！」

我勉強用剩下的斷劍架開他的戟，駕馬衝往城門。

回到城牆上，對仔細看著剛才那場單挑的青年士官大喊：

「庭破！拿我的弓！」

「唔！遵、遵命！」

他在短暫驚訝之後拿起弓和箭筒——

「隻影大人！」

然後朝著我扔過來。太遠了！

緊跟在後的阮古頤放聲大吼。

「別白費力氣了！張家的麒麟兒！乖乖死在我的戟下吧！」

「我偏不要！」

我揮出身子接住弓，從一同落下的箭筒當中拿出一支箭——射出去。

「唔唔唔唔唔！」

這次奇襲射中阮古頤左邊的護手。不夠深！

「啊！阮大人！！！！！」

敵方騎兵大叫著迅速衝向我。最前面的騎兵戴著鬼面具。

我站穩身子，用盡渾身力氣往城門和馬的方向跑去。

身後傳來敵方將領的怒吼。

「張隻影！！！！！！！！！！！」

「抱歉啊，下次再來一決勝負吧！」

回頭對阮古頤留下這句話，便衝進敬陽城內。

城門隨即發出巨響，逐漸關上。

我將斷劍收進劍鞘內，在下馬後輕吐了一口氣。

「呼……差點就要賠上小命了。」

「唔！」

周遭的新兵們啞口無言地凝視著我。老兵們則是一臉心滿意足。

只要多少提振我方士氣就好。

我撫摸黑馬的頭，這時庭破忽然飛奔下樓。

「隻、隻影大人！您沒受傷吧？」

「沒有。剛才正好是鼓舞士氣的大好機會。庭破，我的劍斷了，幫我換一把。」

從劍上卸下白玲的髮繩時，其他士兵也紛紛湊上前來。

「少爺！」「這把您拿去用吧！」「應該不容易斷。」「它非常堅韌。」

最前頭的老兵遞出一把劍。

它比一般的劍還要厚重。應該完全是以在戰場上使用為前提打造的一把劍。

「還不錯。那我就不客氣了。」

「不會，能幫上少爺是我的榮幸。」

壯年男子露出開心笑容，一手摀住心臟的位置。

其他士兵也接連做出一樣的動作……嗯？

「——張隻影大人。」

「嗯？」

原本沉默不語的庭破開口呼喚我，還冠上「張」姓。

他臉頰泛紅地坦白：

「我們至今一直認為您武藝精湛，心裡卻也有些瞧不起您，覺得您終究只是張家食客，而且明明身在張家，卻膽小得只想當個文官，而不是武官。不過……看來是我們錯了。沒有任何一個守著敬陽的士兵有能耐和『赤狼』一對一較勁。您果然──是張泰嵐大人的兒子。」

庭破與聚集過來的其他一千名以上的士兵一同向我敬禮。

「我們願意與張隻影大人共生死！隨時聽候您的差遣！」

我睜大眼睛，清楚想起一件事。

──對了，想起來了。

我上輩子也很喜歡和像他們這樣的士兵並肩作戰。

莫名感到害臊，用力抓了抓自己的黑髮，並把髮繩綁回劍柄上。

「……你們真傻。不過──謝謝。我不允許你們任何一個人在打完這場仗前白白戰死！就算得撐上好幾天或好幾十天，我們也要死守敬陽，等老爹和白玲他們回來會合！」

「好！！！！！！！！！！！！！！」

「白、白玲大人？朝霞閣下？」

＊

榮帝國首府——臨京北邊的張家大宅門前。

一名年老傭人的驚呼傳遍了傍晚時分的大街。

我撫摸著幾乎整整跑了「五天」，中途只有不時稍做休息的愛馬的脖子。「……謝謝你！」我小聲對馬兒這麼說，隨後便鞭策自己疲憊的身體下馬提問。

「……爹在嗎？」

「啊……在！」

我將愛馬託付給其他趕來門口的傭人，一同走進宅內。

一路上打退了好幾次敵軍派來追殺傳令的騎兵，卻完全不顯疲態的朝霞也緊跟在後。

我們順著走廊——走到內庭。

一名穿著軍袍的男子與另一名穿著橘色禮服，綁著兩條長長小馬尾的褐髮姑娘在石屋頂下相對而坐。還有一名有著美麗漆黑長髮的女子——來自東方島國的靜姑娘也在他們身後。

是爹……還有王明鈴？

正當我疑惑她為什麼在這裡時，爹也注意到我們，瞪大雙眼。隨後立刻起身跑來我們面前。

「白玲！發生什麼事了？」

「爹……」

我才準備開口提起玄帝國進犯一事——爹就把我抱進他溫暖又強壯的懷裡，害我使不上力。

爹皺起眉間。

「……不對，既然隻影要妳過來找我——那自然只有一個可能。是不是阿岱派軍進攻了？」

「對，請您看看這個。」

我從懷裡取出隻影交給我的書簡，遞給爹。

爹先是要朝霞代他顧著我，再迅速讀起那封信。

「——好，我知道了。」

護國神將張泰嵐滿臉鬥志，轉頭向身後那位喝著茶的姑娘說：

「明鈴閣下，雖然才剛特地請妳來一趟，但很抱歉——現在事關我國存亡，我必須趕回去敬陽。遠征需要的糧食我會要隻影繼續代我和妳商量，可以嗎？」

……居然是這位姑娘在跟爹談生意？怎麼不是王家的當家來？所以她在王家的權力大到可以負責商談？而且爹剛剛說的「遠征」又是怎麼回事？？

我坐到老傭人拿來的椅子上。幾乎隨時都有可能癱倒在地。

王家的姑娘接受爹的提議，面色嚴肅地表示同意。

「我不介意，也祝張將軍武運昌隆——……等等，我們難得有機會見上一面，再和您談一件事就好。」

「什麼事？」

王家姑娘在爹的霸氣之下依然沒有絲毫退縮，並露出開朗的微笑。

接著雙手合十，直截了當地提出要求。

「我想請問您願意讓隻影大人——成為我的丈夫嗎？我的爹娘已經允許我和他結婚了。聽聞隻影大人還沒有正式冠上『張』姓……那麼，他和我們王家結緣，必定能帶來龐大利益。」

「什麼！妳、妳在說什麼傻話……」「白玲大人，您別太勉強自己。」

我心裡瞬間激動得連自己都感到驚訝不已。一旁的朝霞制止我消耗更多力氣。

……原來她想和隻影結婚不是單純開玩笑嗎？

爹雙手抱胸，面對她的提問。

「這個嘛——妳可以先說說為什麼想和他結婚嗎？」

王家姑娘臉上的笑意愈來愈深。

她像是在回想過去一般抬起頭，臉頰微微泛紅。

「這很簡單，因為他是我的救命恩人。這世上有什麼事情會比救命之恩更可貴呢？」

聽說隻影在千鈞一髮之際從水賊手中救了她。

「救命之恩」的確是大事，可是也不至於論及婚嫁吧……

王家姑娘露出成熟面容，重新看向爹和我。

她的眼神冷如暴雪。

「客觀來說——榮帝國確實很繁榮。如今說不定已能匹敵尚未失去大河北方國土的時代。然而這份繁榮也導致國家內部……漸趨腐敗。張將軍原本應該能夠早點返回最前線，但『談和服從派』的那些叛徒卻設局逼您留在臨京。而我和隻影大人總有一天得和那些愚蠢之徒打交道……老實說，我光是想到這件事就滿肚子氣。而且聽說隻影大人前些時日才因為莫須有的罪名，遭判『不得踏入都城』之刑。甚至冤枉隻影大人的主謀之一還是老宰相大人的孫子。希望隻影大人可以和我共度無憂無慮的人生，不再受到這類紛擾。」

「…………」「……老宰相……是當時那位……」

我想起自己帶粽子去給隻影的那天晚上曾瞥見一道人影。

即使是人人稱讚英明的老宰相大人，都無法徹底遏止自己人胡作非為……

王家姑娘起身轉了一圈，禮服隨之飄揚，接著深深低下頭。

「我猜——那份書簡裡應該提到了『玄帝國大舉進犯』以及西冬已經歸順玄帝國，對吧？這下我國就得同時防範來自兩個方向的敵人了。然而這三個月內，宮裡盡是在談論一些毫無意義的事情，有多少人是打心底為我國情勢感到擔憂？就連老宰相大人都不一定會出手相助……最近臨京與敬陽多了不少來做生意的西冬人，宮裡應該早就聽聞風聲，也知道其中摻雜玄國密探，還發生了難以取得的罕見商品大量流入市面的怪事，卻沒有人正視這些變化。他們總是抱著『長年交好的盟國不可能背叛我國』、『騎兵不可能跨越七曲山脈和白骨沙漠』這類毫無根據的樂觀想法。我可以肯定在這樣的宮中建議擁有最多兵馬的皇帝直屬禁軍趕赴支援，只會換來『就算敬陽淪陷也不至於殃及臨京』的結論。我認為張將軍應該立即離開此地。若您有需要，我們王家也可以提供船隻供您和您的軍隊返回敬陽。」

「……唔！」「…………妳……」

爹發出無聲的沉吟，我則是訝異得目瞪口呆。

她明顯比我矮，而且除了胸部較豐滿以外，看起來簡直是個小孩子。

然而這位姑娘的才學卻是深不可測。

……也難怪隻影會誇獎她。我刻意摸起頭上的髮繩。

爹輕吐了一口氣。

「……我聽過一個傳聞說『王家千金是個麒麟兒』。但我不懂，妳為什麼要對我們張家禮遇到如此地步？即使我們打贏這場仗，王家能得到的利益也沒有大到足以促使妳這麼做。妳應該也知道──宮裡是『談和服從派』占上風。」

的確。戰局對我們不利，反而比較方便讓商人從中賺取利益。

尤其事態愈緊急，商品價格也會愈高。

王家姑娘抬起頭，露出充滿自信的笑容。

「我雖出身商人之家，但也希望看見太平盛世。畢竟打起仗來民不聊生，不好賺錢，別打仗比較好。再加上我打算拓展貿易版圖，和北方與周遭各國多加往來，而不是只侷限於南方的土地。最終成為全天下無人不知的大商人！因此需要你們打贏這場仗，才能實現我的野心。畢竟玄國和其他國都瞧不起商人，交易盛行又有驚人技術的西冬也是個對外宣稱『西冬國祖是位仙娘』的奇怪國家。還有……若我國歸順玄帝國，屆時也是我們這些有錢人得被迫幫忙準備銀子。」

「「…………」」

她說得很有道理。沒想到這位比我年輕的姑娘把眼光放得這麼遠。

但我仍瞪視著王明鈴。

「……我還是不懂。既然妳有這樣的野心，又為什麼想要和隻影結婚？他的確有些才華，可是──也不至於出類拔萃。我認為妳實現野心的路上不需要他，還是另尋新歡吧。」

隻影不適合做文書工作。他的文才和武才可說是天差地別。

實在不認為王家姑娘的野心需要他的武才。

王明鈴隨即顯露疑惑——並立刻以和剛才截然不同的輕鬆語氣嘲笑我。

「咦？這還用問嗎？張白玲姑娘，妳怎麼連這點小事都不懂呢★」

「……妳這是什麼意思？」「白玲大人。」

我忍不住以凶狠語氣這麼問，朝霞便立刻抓住我的左袖。靜姑娘看起來也很過意不去。

……這種時候才更應該保持冷靜。

我深呼吸了幾次，途中那位胸部豐滿的嬌小姑娘開心地左搖右晃說道：

「想跟心儀的男人攜手共度下半輩子——應該不是多稀奇的事情吧？何況隻影大人又是那麼迷人♪」

「什……！」「哦～」「好了好了。」「……明鈴大小姐。」

我氣得說不出話，爹則是摸著鬍子，語氣聽來像是覺得她這番話很有趣。

我強忍內心激動，勉強擠出一句回答。

「……他、他不是妳應付得來的人。我再說一次，妳還是另尋新歡吧。」

「咦？如果說這話的是張將軍倒還合理，我想和隻影大人結婚應該用不著問過妳吧？」

感覺腦袋燙到都要沸騰了。

……竟然說用不著問過我？

明明我才是陪伴他超過十年的人！

我起身走到王明鈴身旁，狠狠瞪著她，努力把話講出口。

「……當然要問我。因、因為，只有我……和隻影……」

「我完全聽不見～♪」

「唔！妳、妳這個人實在是……」

啪、啪！

清脆的聲音響徹內庭，使得小鳥全被嚇得飛走了。原來是爹在拍手。

我們兩個一同看向他，他便裝模作樣地咳了一聲。

「咳！……妳們兩個別吵了。等打完仗再坐下來仔細談談吧。」

「「……好的。」」

我頓時感到難為情，跟王家的姑娘同時撇開視線……等這場仗打完再來和她算清這筆帳。

爹神情嚴肅地問：

「明鈴閣下，我的軍隊有三千人左右，還得帶上裝備跟馬，妳真的有辦法一次載我們所有人返回敬陽嗎？尤其阿岱很可能會派兵駐守，走不了水路。」

敵軍人數多得彷彿蓋在大地上的一片雲霞，相對的，還在臨京的士兵只有區區三千人。不過

——這三千人不是一般的士兵。

他們個個擁有好武藝，還與爹共赴無數戰場，留下許多足以寫入史書的豐功偉業。若能從敵陣後方展開突襲，說不定能一口氣扭轉戰局。

王家姑娘雙手合十，以開心語氣回答：

「沒問題。我早料到會需要幫你們趕回敬陽，已經做好萬全準備了。」

她、她有那麼一點點像隻影，害我心裡難以平靜。

我撥弄起瀏海，點出其中疑慮。

「……船的確能一口氣載運不少士兵，可是現在這個時節有強勁的北風，應該會讓船很難在大運河上航行吧？」

「但我們若是騎馬和徒步回敬陽會無力應戰。我們的敵人可是『赤狼』，不容大意喔。」

的確。即使是爹這般身手不凡的強將，拖著疲憊不堪的身體與「四狼將」之一交手，也難免陷入苦戰。外表比實際年齡年幼的王家姑娘挺起她唯一顯得成熟的胸膛，對煩惱不已的我們說：

「這我當然知道！不過，夫君……咳咳，隻影大人和我王明鈴一起構思打造而成的船不用擔心這個問題！那可是我們兩個一邊品嘗美味好茶，一邊想出來的♪」

「…………」

我的內心捲起名為嫉妒的狂風巨浪。

……太奸詐了。我也想要每天白天和他一起喝茶，再聊個盡興。而不是只有晚上。

等這場仗打完——啊！

「……白玲？」「白玲大人？」「……哦～」

我一回神，便搖頭甩開剛才的想法。

爹和朝霞一臉疑惑，靜姑娘則是露出了微笑。

……看來我比自己想得還要更累。要忘掉剛才想的那些事情才行。

也不可以理會王明鈴的胡言亂語！

我以眼神敦促爹必須盡早行動，他隨即拍打自己的胸脯，說：

「那麼——我們馬上動身吧。白玲，我去向老宰相大人轉達書簡上提到的事。等會兒見！朝霞，雖然妳應該也很累，但先陪著白玲吧。明鈴閣下，就麻煩妳幫我們準備回敬陽的船了。」

「好的，爹。」「遵命。」「包在我身上！」

爹說完便往大宅方向走去，卻又在途中駐足。

「喔……還有一件事。」

「嗯？」

他帶著滿面笑容回過頭。眼中流露來自心底的慈愛。

「我很佩服妳只費了短短五天，就從敬陽來到臨京！放心吧，我不會對隻影見死不救。畢竟不管其他人再怎麼不願意讓他冠張姓，他一樣是我兒子。」

「爹……」

我頓時感動不已，眼淚幾乎要奪眶而出。

是不是多少有成功盡到身為張泰嵐的女兒應盡的責任了？

我感覺如釋重負——並在看見爹他們離開之後，將視線轉往正在撥弄頭髮的那位姑娘。

「……妳有什麼企圖？」

「我只不過是坦白自己的想法罷了。難道妳不是嗎？」

「…………」

她答得很簡短。聽起來不像在撒謊。

……那麼，她是真的想要隻影？

「喔，對了。」

「嗯？」

王家姑娘回到桌前，拿起一個細長的布袋，並解開開口的繩結，取出裡面的東西。

她取出來的是——

「這是……？」

一對有著精緻裝飾的雙劍。兩把劍分別裝在純白和漆黑的劍鞘裡。

劍柄上還畫著……星辰和大樹？而且似乎和隻影小時候畫出來的圖案很像。
坐到椅子上的王家姑娘翹起腳來，將茶倒進茶碗裡。

「這是皇英峰託付給王英風一統天下的武器——也就是『雙星天劍』。」

「什麼？」
她這番話令我難以置信得啞口無言。
……「雙星天劍」是千年前的英雄所用的武器，也是後世不少掌權者夢寐以求的雙劍。
這真的是那對傳說中的雙劍？她是怎麼找到的？
我倍感困惑之時，她舉起茶碗開口：
「……我費了不少心力才找到這兩把劍。真的、真的……費了好大一番工夫。翻遍所有可能有線索的文獻，澈底調查據說是最後一個拿著這對雙劍的王英風後來究竟去了哪裡，還低聲下氣地求一個自稱仙娘的奇怪西冬人幫忙，最後——才終於在他安享晚年的一座位於西方郊外的廢棄廟宇裡找到它們！呵呵呵……我和別人決勝負可是從來沒輸過♪就麻煩妳轉交給隻影大人，再幫我提醒他記得遵守我們之前的約定了☆」

「……妳之前跟隻影鬥茶不是鬥輸他了嗎？」

有種不好的預感，同時想起造訪王家時看見的光景，便出言確認。

王家姑娘隨即明顯慌了起來，快速揮動雙手否認。

「那、那只是在玩。對！我怎麼可能會輸給別人呢？是隻影大人有點莫名其妙而已！」

這副模樣倒是很像小孩子。真希望她平時也能總是如此。

「……他的確有點莫名其妙。那麼，這兩把劍堪用嗎？」

「……不知道。」

「……妳啊……」

不堪用的劍等於是破銅爛鐵——假如隻影在場，他鐵定會這麼說。

王家姑娘撇開視線，講話快得像是急著編藉口。

「我、我本來也打算看看劍身啊，畢竟如果傳說是真的，那這兩把劍就是千年古物——那個自稱仙娘的怪人還說這兩把劍和它們的劍鞘都是神話時代的產物。可是……我用盡了所有辦法，就是拔不出這兩把劍！」

「拔不出？」

我目不轉睛地盯著那對雙劍。

它們美得實在不像千年古物，也不像有生鏽……

我用眼神向在王明鈴身後待命的靜姑娘確認。

那位黑髮姑娘微微點了點頭……看來她剛才說的都是事實。

王明鈴擺出束手無策的模樣。

「至少我們王家沒有任何人拔得出來。傳說中只有皇英峰和王英風——『雙星』拔得出這兩把劍。」

「…………我知道了。」

我把雙劍再次放回布袋，向她保證。

「我一定會把這對雙劍送到隻影手上。」

王明鈴立刻一臉狐疑地看著我，接著以試探語氣詢問：

「……真的可以嗎？妳應該有察覺吧？要是天劍送到隻影大人手上，我跟他就……」

「現在情況緊急。既然妳有辦法派船載爹他們回敬陽，那我也必須……」

我的感情是其次。

但我說不出這句話……大概是累了。一定是。

她直盯著我，閉起一隻眼睛。

「哦～……我是無所謂啦～反正我絕對是最後贏家——我們還得花點時間準備才能出航，

妳先去洗洗身體、吃飯！再小睡一下消除疲勞。凡事最忌疲勞喔，張白玲姑娘。」

＊

「這樣啊……又被那傢伙…………被張家的小鬼阻撓了啊。」

「……是的。阮將軍，很抱歉不能帶回好消息給您。」

敬陽西方，攻城軍隊本營。

我們已經開始攻打那座宛如城寨，且難以攻陷的城鎮十天。現在士兵們正在熟睡，盡可能除去白天進攻時累積的疲勞。

向我和各個將領報告戰況的年輕軍師渾身顫抖地說：

「他……張隻影實在不像常人。不分日夜都可能隨時出現在任何地方對我們放箭，或是砍殺我軍。雖然我也照著您的吩咐，要求每一位隊長都必須躲在盾牌後頭下令，夜晚也不得接近營火……還是無法避免眾多傷亡。甚至有些士兵開始謠傳他會不會是『皇不敗』轉世。」

「看來虎子雖小，仍不能小覷……若我只是個小兵，或許也會認為他是英雄轉世。真沒想到我們已事前藉著密探查出他們有多少兵力，又把兵力派駐在哪些地方，還是攻不下這座城……」

我動著幾乎痊癒的左手臂，低聲說道。

——張隻影。

他只憑一己之力，就提振了敵方的士氣，也削弱了我方士氣。

假如我沒有不爭氣地在第一場仗時受傷，就不會落到這步田地了！

此時，薪柴忽然發出劈啪聲響，應聲碎裂。初夏的夜晚仍帶有些許寒意。

我壓抑內心對張家那個小鬼的怒火，向軍師確認。

「……這次有多少傷亡？」

「幸好死者並不多，可是……受傷的人數多得不尋常。止血布和療傷藥已經快不夠用了。而且我們還得分散兵力帶走傷兵。」

「那個可恨的臭小鬼……他是想爭取時間吧！」

我用右手掃下桌上的棋子。

其實我們早該打下敬陽了。

然而敵軍卻在第一天要求單挑過後緊閉城門，以他們為數不多，卻個個懷抱強烈鬥志的兵力全數堅守城內。再這樣下去不太妙……我低頭看往書簡，不禁將不悅顯現在臉上。

似乎因為沒怎麼睡而盡顯疲勞的軍師戰戰兢兢問道：

「敢問皇上說了些什麼呢……？」

我左手扶額，將書簡放到桌上。

「皇上說『**全軍突襲大河南岸，僅留下部分兵力壓制敬陽**』再來就是慰勞的問候了。」

「…………」

各個將領和軍師們一臉愁容，沉默不語。我們都知道皇上做此決定並沒有錯。

即使無法拿下敬陽……西冬也已經歸順於我國，等同可以從榮帝國的北方與西方進攻。戰略上是我們占上風。

這得拜阿岱皇上三年前答應採用我與「友人」的意見所賜——也就是「派軍跨越大森林與七曲山脈，一口氣拿下西冬，再對敬陽展開突襲」。

然而，我方三萬大軍竟對敵方少少不到三千的兵力束手無策！

若連一座城鎮都無法攻下，我和率領的軍隊名聲都將一落千丈。

要是蒙上此等奇恥大辱……怎麼對得起在這次大遠征中喪命的屬下們！

所有人的神情都透露決心。看來他們也和我有一樣的想法。

以鬼面具掩飾嘴部的副將開口說道：

「我們下一步該怎麼走……？要不惜犧牲眾多士兵的性命，命令全軍發動總攻擊嗎？」

「不。」

我搖搖頭，凝視火焰。

……我為了親手殺死張家那個小鬼，「一直沒有」完整稟報實情給皇上。此戰非贏不可。

「敬陽的城牆比事先調查得還要更難攻破，敵軍士氣也很高昂。傳統攻城兵器不可能有用，而我們也沒時間等待敵軍斷糧。要是再繼續折損更多兵力，想必會惹得皇上不開心。」

我掃視屬下們的臉。

他們都是和我一同橫越大森林和七曲山脈的好戰友。

……可不能因為自己賭氣，就害他們也得蒙受恥辱。

我嚴肅地做出某個決定。

「我們該用上『那個東西』了。務必記得吩咐衝鋒隊穿上重型甲冑和頭盔。」

「…………」

所有人皆陷入沉默，低下頭來。

我們從西冬那裡得來的新兵器威力驚人，金屬製的甲冑也比皮革甲冑更能保護士兵，士兵們更是接受了十分充足的訓練……不過，我們可是「赤槍騎兵」。

透過騎兵展開迅雷不及掩耳的突襲才是我們的拿手絕活，也藉此打贏了不少勇猛強敵。

——使用外國的兵器，又穿著外國的甲冑，難道不會有損我們赤槍騎兵的名譽嗎？

我抑制住這道湧上心頭的自問。

接著大力拍桌，咬牙切齒道：

「……我們必須打贏這場仗。即使這種做法有損我們赤槍騎兵的自尊，也遠比吃敗仗好。要是費時過久，逗留在都城的張泰嵐或許會回來會合——我們明天早上就得拿下敬陽！必須拿下張隻影的首級，活捉張泰嵐的女兒，其餘殺他個片甲不留！」

「——……遵命！」

眾人同時高聲附和，隨即離開帳篷。

帳篷內只剩我一人凝視著在火光下不斷閃爍的赤紅重甲冑。

「……虎子雖小，仍不能小覷。這話確實有道理，不過——……他實在強得不合理。究竟是什麼來頭……？」

沒有任何人能回答我的疑問。最後一塊薪柴發出了破裂聲響。

＊

守城戰第十天早晨。

我在敬陽北部的張家大宅小睡片刻，忽然聽見彷彿天崩地裂的巨響，也感覺地面強烈搖晃，嚇得從床上跳了起來。上輩子和這輩子都不曾聽過這種聲音。

一拿起放在枕邊的劍——外頭再次傳來猛烈巨響。

地面劇烈晃動，外頭傳來哀號與怒吼。告知全敬陽發生緊急情況的吊鐘聲響遍全城。

同時忽然有種有如喪失了身體一部分的不祥預感。

「難道……」

我正低聲這麼說時，庭破便滿頭大汗地跑進我的寢室。

「隻、隻影大人！西門……敵人攻破西門了！大家現在正拚死守住防線，可是敵軍拿著巨盾，還穿著金屬甲冑，根本擋不住他們的攻勢！！！！」

「唔！……這樣啊。」

這場仗本來就是場硬仗。

得多虧「赤槍騎兵」似乎很不擅長打攻城戰，再加上張家軍奮力抵擋敵軍攻勢，才能撐到今天還沒淪陷。但看來終於還是被攻破城牆了。

三次、四次、五次——外頭響起無數次巨響。

一顆燒得火紅的圓球劃過空中與我的視野一角，最終消失不見。

我努力回想前世的朦朧記憶和在都城看過的各種書卷，以及明鈴提過的事。

……從異常尖銳的聲音和圓球這兩個特徵來看，應該是一種巨型投石器。該不會就是西冬暗中開發的新兵器吧！

我把劍掛到腰上，脫掉輕型甲冑以儘量減少身上裝備的重量。

並對身上沾了血和塵埃的青年下令。

「庭破！快盡可能召集城裡的士兵，和還留在城裡的居民們一起從南門逃出去。我會去叫西門那邊的部隊跟著你們離開。」

「咦！隻、隻影大人，您想做什麼？」

我拿起弓，揹起箭筒。瞥見劍柄上的髮繩，腦海裡忽然閃過白玲哭喪著臉的模樣。

……那傢伙大概會很生氣吧。我閉上眼堅定地說：

「進攻時走在最前頭，撤退時殿後——這是張家的傳統。快走！別浪費時間！」

「唔！遵、遵命！」

庭破察覺到我的決心，便將拳頭舉到心臟前方。我輕拍他的肩膀，在走廊上前行。

敵軍的攻擊仍未停歇，地面不斷晃動。

「隻影大人……祝您武運昌隆！」

我聽著庭破悲痛的話語，舉起左手回應他。

我騎著黑馬跑過大街，要陷入驚慌的士兵們儘快前往南門。

火紅的影子撞進附近的建築物中，傳出巨響。隨後火焰便開始延燒。

我一手擋著沙塵，低聲說道：

「……威力還真強啊。」

熟悉的建築物與樹木接連遭到摧毀，纏繞著火焰的金屬球讓火災範圍逐漸擴大。我在這般慘況當中狂奔——抵達了西門附近。

先前頑強抵抗敵軍猛烈攻勢的城門破了個大洞，有不少拿著大盾的重裝步兵接二連三闖進城內。他們的裝備都是紅色……看來是不擇手段也想拿下敬陽。

渾身是血的士兵們發現了我。

「少爺！」「隻影大人！」「城門！敵人！」

我拿起揹著的弓，將箭矢放到弦上——朝目標射出箭。

「唔！」

那支箭不偏不倚地射中了在最前線指揮的敵方騎兵額頭。

我在敵我雙方的驚呼當中大聲下令。

「還動得了的人快退到南門，聽從庭破的指揮！我負責殿後！」

「唔！」

我方士兵一臉錯愕地盯著我。

我迅速射出好幾支箭，威嚇敵方那些躲在大盾後頭的前線指揮官。

「你們千萬別抗命。我很敬佩你們能守住敬陽這麼多天。戰功我都寫下來了，儘管放心吧。快走！！！！！」

「…………遵命！」

身經百戰的老兵，這次才初上戰場的新兵和義勇兵。

幾乎所有人臉上都掛著淚水，在盡全力反擊敵軍的同時逐步撤退。

穿著金屬甲冑的敵方騎兵其中一人在聽見我的吶喊後，將槍尖對準我。

「張隻影！！！！！」

敵陣當中散發緊張與恐懼。看來我在這幾天內出名了。

這麼說來——前世第一次打仗也是守城戰。

一個戴著醒目紅色頭盔，看起來像是指揮官的中年男子用劍指著我。

「殺了他！成功的人——可以拿下這次最大的戰功！」

「——……很抱歉。」

我將弓弦拉到最大——射出箭矢。承受不住更多拉扯的弓弦也隨之斷裂。

射出的最後一支箭——

貫穿了敵人的重型甲冑直入心臟，奪走他的性命。我丟下弓與箭筒冷冷一瞥。

「啊！呃…………」「唔！」

「我現在沒空理你……好了。」

接著快速拔出劍，恫嚇訝異得啞口無言的敵軍。

「有誰想趕快送死的，儘管放馬過來——我親手送你們下黃泉！」

「唔～～～～！」

敵軍的鬥志開始動搖，陣形驟然瓦解。

——大好機會。

我立刻駕馬前行，將敵軍趕往城門外。

戴著圓盔，在附近揮舞指揮棍的敵方將領正努力想穩定軍心。

騎著的馬兒彷彿察覺了我的想法，又更加快腳步，迅速拉近與敵方將領之間的距離。

「你們還在做什麼！回去！還不快回去！城門已經攻破了，你們只需要闖進去把敬陽夷為平地啊——唔！」

他還來不及反應，就被我斬下頭顱。我駕馬疾馳，在甩掉劍上鮮血的同時說：

「這下就解決兩個將軍了。阮古頤——」

還沒找到敵方主帥，就有一名拿著長斧的禿頭武將一邊嘶吼，一邊朝著我直衝而來。

「喔喔喔喔喔喔！！！！！！」

「唔！」

我隨即架開他沉重的一擊，拉開彼此間的距離。

敵方將領將長斧高舉在頭上轉動，放聲大喊：

「張隻影！你的首級我要定了！！！！」

敵軍已經開始快速重整態勢。

我只有一個人。要是敵軍鎮定下來……他們只需要包圍我，就能取走我的命。

不過，我需要撐到大家都從南門逃出城外。

所以只能殺死阮古頤，逼退敵軍——敵方將領駕馬逼近，用力揮下那劃出風切聲的長斧。我勉強閃過這一擊。

「怎麼？你就這點程度嗎？」

我無視他的嘲笑，瞇眼凝視敵陣。

——找到了。

一座小山丘上有一支特別大的「赤狼」軍旗。

阮古頤鐵定就在那裡！

「受死吧——————！！！！」「吵死了！別礙事！」

我在對方揮下巨大長斧前，往重型甲冑的縫隙快速揮砍數次。

「唔！……怎麼可……能……你這……怪……物…………」

敵方將領的雙眼瞪得不能再大，口吐鮮血地摔下馬。

本來想介入的敵方士兵眼中盡顯畏懼，可以從槍尖看出他們明顯在顫抖。

我小聲說：

「……三個人了。」

趁著敵軍尚未脫離恐慌，駕馬往大軍旗方向跑去。不久，一座巨大的木造建築映入眼簾。

外觀似乎是仿造成四牙象。既然這裡會出現四牙象，就表示……

「果然是西冬的投石器。沒想到西冬已經願意提供這種武器給玄國了！」

剛才攻進城內的士兵們也不是玄帝國打造的皮革甲冑，而是金屬甲冑。

——只要有利用價值，甚至不惜使用來自外國的兵器。

真不愧是人稱「白鬼」的玄國皇帝阿岱韃靼……果然是可畏的對手。

「大夥們上！！！！！絕對不可以讓他去到阮將軍面前！！！！！」

年輕將領揮動指揮棍，要陷入恐慌的士兵們振作起來。接著便有無數箭矢對著我從天而降，彷彿剛才的幸運如今已消耗殆盡。

我揮劍橫掃，擋下箭矢攻勢。

「嘖！」

我一邊咂嘴，一邊朝著敵軍士兵衝刺。

他們害怕箭矢射中自己人，不再射箭——然而我的馬卻忽然駐足不前。

擋住去路的是一名用鬼面具遮住臉，騎著的馬也披上了紅色皮革甲冑的將軍。他手上拿著一把老舊大劍。

「真沒想到你竟能夠隻身來到此處……也難怪我的義兄在第一場仗被你打斷左手時，會有不少士兵謠傳你是『皇不敗』再世。不過！」

躲過他經過我身旁時使出的強勁一擊，放在地上的鐵盾瞬間被劈成兩半。

我這把劍一定擋不下這一擊。

敵方將領的駿馬回過頭，繼續追趕我。

「我不會讓你去找阮將軍！我們是大名鼎鼎的『赤狼』所率領的『赤槍騎兵』！至今有許多幼虎命喪我們手下，你也不會是例外！！！！！」

我的馬開始上氣不接下氣，速度逐漸變慢。

……看來只能和他一戰了。

我下定決心回頭與他對峙。

「喔喔喔喔喔喔！！！！！張隻影，納命來！！！！！」

氣勢磅礡的敵方將領高舉大劍過頭，猛力揮下——

「嘎！……太、太快了。你、你難不成……真是…………」「副將大人！」

但我的劍搶先一步劃出閃光，他遭到砍斷的右手與大劍也順勢飛到空中。

敵方將領倍感錯愕，不敵斷手的劇烈疼痛落馬。敵方年輕指揮官發出哀號，其他士兵們也慌亂了起來。

「……四個人！」

我看著不只沾滿血跡，同時已經磨損得殘破不堪的劍身，繼續駕馬朝著小山丘前進。

穿梭在因為己方指揮官於短時間內接連喪命，已經澈底亂了調的敵陣當中——最後順利來到小山丘頂部。

同時，我的馬也忽然累得癱倒在地。

「……謝謝啊。你千萬不可以死在這裡，知道了嗎？」我立刻跳下馬，摸了摸牠的脖子——

然後轉身面向穿著赤紅金屬甲冑，左臉可見一道傷痕的敵軍主帥。

阮古頤拿著半月形刀刃上閃爍著神祕光輝的方天戟，神情不悅又凝重地說道：

「——……你來了啊，幼虎。」

我揮劍甩開鮮血，擺好架式。

敵方士兵開始在周遭排好陣形，讓我無路可退。

阮古頤只用一隻右手甩動方天戟，完全感覺不出他身穿厚重的金屬甲冑。

「你似乎殺了我不少屬下。」

「……真抱歉。」

簡短又平淡的對話。

忽然發現戰場上除了濃濃的血腥味以外，還有一絲絲——土壤剛受到踩踏的味道。

……不對，應該不可能這麼快抵達。

看來我好像比自己想得更希望白玲早點回來。

阮古頤一臉沉痛，搖了搖頭。

「是我不夠果斷……如果只是要殺死你們——」

他揮戟指向巨大投石器。後頭還放著好幾顆加工過的巨大金屬球。

「我大可一開始就用那些看不順眼的兵器把敬陽化作一片焦土。沒有那麼做……是我太小看你的能耐，還堅持和你再次交手。我的屬下正是死於我這份愚蠢——……實在沒臉見他們！」

阮古頤眼中滿是激動。他緩緩改用雙手持戟。

「不過——我不會再猶豫不決了。張隻影，我要取下你的首級，了結這一切！」

「「來吧！」」

我們同時大喊，一口氣逼近到彼此面前激烈交鋒，火花四散。

或許是因為剛才一連打倒好幾人，總覺得身體特別沉重，氣勢逐漸輸給阮古頤。

無法躲過他刁鑽又強勁的連擊，左右兩手和身體各處都被砍出傷口流出鮮血，使得我動作更加遲鈍。

「怎麼？你沒力氣了嗎？動作太遲鈍了！難道就只有這點能耐嗎？」

劍開始吱軋作響，劍柄遭到我的鮮血染紅，連帶弄髒了白玲的髮繩。

阮古頤發出野獸般的咆哮。

「喝啊啊啊啊啊啊！！！！！！！！！！！！！！」

我蹲下來躲過他這一記橫掃，使盡全力刺向他甲冑的縫隙。

——握著劍的手感到不太對勁，還聽見猶如臨死哀號的金屬斷裂聲響。

「真可惜啊。」

「唔！咕！」

阮古頤剛才立刻扭動身體，用甲冑部分擋下了我那一劍，我的劍因此斷成兩半。

他又接著用戟的柄將我擊倒在地。一陣劇痛傳遍全身。

劍身晚了一拍才掉下來，插進地面。左手……應該也骨折了。

赤狼用戟指著我，驕傲笑道：

「但是到此為止了！」

「…………」

我用右手緊握劍柄，不發一語。剛受到踩踏的土壤氣味從南方吹來，而且愈來愈近。

阮古頤瞇細雙眼，出言讚揚我，其中沒有任何諷刺。

「張隻影，你的確是個可怕的男人。這般實力再過幾年，或許……不對，是一定會超過張泰嵐，成為我們玄國最大的敵人。屆時你的利爪與獠牙說不定能夠傷及阿岱皇上。」

「…………」

我聽見非常細微……真的非常細微的急促馬蹄聲。

不只一匹兩匹。至少有一百匹馬……不對，應該更多。附近開始吹起南風。

阮古頤轉動方天戟發出聲響，接著冷冷表示：

「正因如此！我必須現在就取走你的性命。若留你活口，必定會有無數人遭你砍殺！……不久後會送你妹妹過去見你，算是我的一點仁慈。」

「……哼，原來『赤狼』心地這麼善良啊。」

我站起身，擦拭手臂上的血。

阮古頤一臉狐疑。

「……你想做什麼——……唔！」

忽然，有道鐘聲響徹整座戰場。

隨即便有大批騎兵從南方的山丘後頭出現，朝著敵陣進攻。

隨風飄揚的旗幟上面寫著——「張」。

是老爹親自率領，而且都是由老兵組成的親衛隊！

阮古頤環視周遭，猛力咬牙切齒。

「怎、怎麼可能……難道張泰嵐已經離開臨京，抵達敬陽了嗎？即使是張泰嵐，也不可能這麼快趕回來！密探打聽到的消息——」

周遭敵軍在一陣馬嘶聲過後被打出一個缺口。擋箭牌也被打飛到天上。

我確認自己的右手是否還能使力——接著露出了笑容。

「問我想做什麼？當然是想打贏你——『赤狼』阮古頤啊——對吧？白玲！！！！！」

「那當然！」

「嗯！」

率先闖過敵陣衝來這座山丘的貌美銀髮姑娘騎著白馬，對阮古頤放箭。她沒有穿輕型甲冑，說不定是和我一樣想儘量讓身體輕盈一點，方便行動。

縱使遭受奇襲——實力高強的「赤狼」仍然有辦法應對。

「少瞧不起人了——！！！！！！！！！！！」

他額頭爆出青筋，揮戟彈開了所有箭矢。

期間張家軍騎兵也繼續殲滅敵軍，將敵方陣形從中斷開。

阮古頤睜大眼睛，氣得渾身顫抖喊道：

「開什麼玩笑！你們究竟用了什麼魔術！！！！」

「我們靠的不是魔術，是技術。」

貌美的銀髮姑娘一騎著白馬前來我身旁，便立刻下馬。她先遞給我一個細長的布袋，再朝著阮古頤迅速射出好幾支箭，強行阻止他繼續前進。她大喊：

「那是王家的姑娘要給你的！」

「明鈴要給我的？」

我倍感疑惑，準備解開袋口的繩子——然而只能請白玲幫忙。

「抱歉，我左手動不了。」

「唔……！」

她一瞬間露出難受神情，但不忘繼續射箭攻擊阮古頤，同時在轉瞬間解開布袋的繩子。袋子裡面裝的東西讓我不禁倒抽了一口氣。

是一對黑白雙劍。這是我的愛劍，也是當年託付給盟友的「天劍」。

我在驚訝之餘拿起黑劍——也就是「黑星」，呼喚身邊那位姑娘的名字。

「白玲！」

「怎麼了——沒問題！」

她一看到我的眼神便察覺我的意圖，隨即扔下弓箭，拿起白劍——「白星」。

神情在怒火渲染下變得火紅的阮古頤大聲咆哮。

「可惡，竟敢耍些卑鄙的伎倆！！！！！」

我握緊令人懷念的這把愛劍的劍柄，呼喚似乎有些不安的那位姑娘的名字。

「白玲，妳辦得到的。」

「——那當然。」

我們對彼此點點頭，拿著未出鞘的劍分別從阮古頤左右兩旁展開突襲。

勇猛的赤狼大力轉動方天戟，嘶吼道：

「太天真了！以為兩人合力就能打倒我嗎？受死吧——！！！」

「白玲！！！！！」「隻影！！！！！」

我們同時大喊，在千鈞一髮之際躲過阮古頤的奮力橫掃。

然後——一起拔出手上的劍！

漆黑與純白的斬擊相互交錯，斬開了鋼鐵甲冑與赤狼的身軀。

他口中吐出鮮血，手上的戟插進地面，頭盔也掉落在地。

接著震驚地瞪大雙眼。

「足以斬斷鋼鐵甲冑的黑白雙劍……該……不會是……『雙星天劍』……唔！」

隨後，玄國的赤狼便緩緩癱倒，投入大地的懷抱。

我絞盡最後的力氣大吼：

「敵方主帥『赤狼』——由我張隻影與張白玲拿下了！！！！！！！！！！！！」

戰場上同時傳出歡呼、哀號與怒吼。

敵方陣形開始瓦解，軍旗接連倒下，大多士兵急忙朝著北方撤退。

……不往西邊逃，這下一定會被禮嚴逮住。

不過，他們已經沒有能夠做此判斷的將領了。

我不禁感到同情。勉強把漆黑劍鞘收進鞘內之後，便累得當場跪倒在地。

「…………呼。」

不知不覺間，周遭已經聚集了十幾二十排的張家軍騎兵保護我們。

他們眼中大多帶著讚嘆與敬畏……以後可能會有點麻煩了。

「嗯？」

總覺得不太對勁，瞇眼看往北方山丘。好像有種奇怪的視線……是我想太多了嗎？

正在對張家軍下令的白玲將劍收進劍鞘，從掛在白馬身上的背囊裡取出竹水壺，用水沖洗我的左手。

疼痛得忍不住一臉猙獰。

「～～～～唔！！！！！！」

「……請不要亂動。你是不是該對我說什麼？」

「你們……回來得真快。為什麼有辦法這麼快？」

不論騎的是再怎麼厲害的馬，至少得花七天才能從臨京回到敬陽。

若要搭帆船逆流而上，也需要有風的助力，可是直到剛才吹的都是強勁的北風。

坐在我旁邊的白玲一臉不悅。

「……你該說的不是這個吧？再給你一次機會。」

我抓了抓臉頰，老實低頭道謝。

「謝、謝謝妳。來得正是時候。」

「很好。」

她滿意地點點頭，用布包裹住我的左手。沾到布上的血逐漸滲開。

山丘下傳來張家軍慶祝勝利的歡呼聲。我簡短地說：

「我們贏了……嗎？」

「——是啊。」

白玲拿布擦拭我沾滿髒汙的臉，露出似乎是打心底感到高興的微笑。

「這位自稱想當文官的食客——為我們帶來這場勝仗的人是你。」

「……我實在不想被當英雄……我要把功勞全推給老爹和妳——唔喔！」

白玲的月影舔了舔我的臉頰，發出彷彿在責備的嘶嘶聲。我動作誇張地哀嘆道：

「居然連你都要責備我……？難道這世上真的沒人和我站在同一陣線嗎？」

「你真傻。不就在你眼前嗎？雖然有一大半是正在撤退的敵軍。來，拿去。趁現在你還在旁邊，這先還你。」

「嗯？」

白玲遞出了收在劍鞘裡的「白星」。

正當我準備開口回應時——

「……喔？」「呀！」

突然整個人癱在白玲身上。糟糕……快沒辦法保持清醒了…………

「你、你怎麼突然這樣？我、我也是需要心理準備的，你要先說——隻影？隻影？來人！快來人！！！！！隻影昏過去了！！！！！」

啊～妳用不著哭成這樣……我……沒事的……

我終究還是在青梅竹馬焦急的吶喊當中陷入沉睡。

尾聲

「我說——你也該講清楚了吧？為什麼我不能把其中一把劍給英風？我只要有一把『黑星』就夠了。」

「嗯？怎麼？皇英峰，你還不懂嗎？」

——夢到一個很令人懷念的夢。

夢裡的我身處煌帝國皇宮最深處的皇帝寢室。是我去探望病倒的第一代皇帝那時候的夢。

臉頰消瘦不少的摯友露出苦笑。

「……王英風從以前就一直很嫉妒你比他更早上戰場，比他更有足以在戰場上立功的武才，更受到士兵們愛戴。明明完全沒這個必要啊。所以他總是無法拉下臉向你求助。這樣那傢伙永遠都不會有長進，你說對吧？」

「……嫉妒我啊……」

我觸摸雙劍的劍鞘，皺起眉間。

他是名震天下的大丞相。

而我僅僅是多不勝數的大將軍。

究竟有什麼好嫉妒的？第一代皇帝加深了笑意。

「……皇英峰，你只要做你自己就好。假若王英風在我離世後低聲下氣向你求助，你就幫幫他吧。」

「他用不著低聲下氣，我也會幫忙。畢竟我們都是老朋友了。」

寢室裡充斥著痛苦的笑聲。

摯友連點了幾次頭。

「啊啊……莫逆之友啊，你從以前就是這樣。幫助我和王英風時總是完全不求回報。雖然世人似乎在讚揚我等之餘，心中某個角落也對你懷有些許輕蔑……但是，皇英峰，你才是真正的英傑。所以我才會……把據傳是上古神話時代無所不知，卻也憂慮亂世降臨的賢者利用墜地星辰打造的雙劍交給你——」

＊

「嗯…………」

感覺自己逐漸清醒。

睜開眼便看見朦朧燈火，以及圓窗外頭被雲朵遮蔽的巨大月亮。

記得早上玄國攻進了敬陽，然後——我坐起上半身，環望周遭。

「這裡……」

似乎是我在張家大宅裡的寢室。看來是運氣好沒遭到投石器破壞。

我身上穿的不是軍袍，而是淡紺色的睡袍。左手還包著好幾層布。

「哎呀？你醒了啊。」

「……白玲。」

貌美的銀髮姑娘拿著盆子走進房內。她沒有束起頭髮，身上穿著淡藍色的浴袍。

我打算離開床榻，卻立刻遭到嚴厲斥責。

「你別亂動！」

「……好。」

於是沮喪地放棄下床。看見被我拉到斷弦的弓立著倚放在附近。應該是她幫我撿回來的。

白玲將盆子放上床榻旁邊的圓書桌，坐到椅子上。我問她：

「目前戰況如何？」

「有部分敵軍逃往西方，絕大部分被趕往大河。玄國皇帝率領的那些在大河北岸待命的主力似乎也已經撤退。爹也派人去西冬探查了。」

「這樣啊。」

聽來應該是老爹把失去阮古頤這個主帥的軍隊趕往大河沿岸殲滅，不留活口。

白玲剝起包著粽子的粽葉。好像才剛蒸好，可以看到粽子冒著蒸氣，看起來就很好吃。我這才發現自己餓著肚子，肚子也隨即咕嚕作響。

她露出淡淡微笑，把粽子遞給我。

「給你。有辦法自己吃嗎？」

「可以——好痛！」

我在打算伸出左手的時候痛得發出哀號。白玲語氣平淡地告訴我一件事。

「你的左手沒有骨折。只是有好一陣子禁止動左手——來，嘴巴張開。」

「咦？……那個……白玲？」

我看著遞到面前的粽子，倍感困惑。

臉頰微微泛紅的她急促地說：

「畢竟你受傷了，只好由我來餵你。爹也要我好好照顧你，所以這是軍務，沒有其他奇怪的意思。」

「……原來如此。」

雖然我的右手活動自如……但還是不方便。我咬了一口粽子。

老實說出感想。

「──真好吃。」

「這樣啊。」

我吃著白玲餵我吃的粽子，同時用右手拿掉沾在嘴邊的飯粒──

「啊，對了！白玲，妳跟老爹怎麼有辦法這麼快回來敬陽？你、你們該不會……真的用了什麼魔術或仙術吧？」

「……你真傻。怎麼可能是魔術或仙術。來，水給你。」

我用右手接過竹水壺，一口喝光裡頭的水。流入體內的水滋潤了乾渴許久的身體。

貌美的銀髮姑娘一邊準備第二顆粽子，一邊解釋他們怎麼快速返回敬陽。

「我們是搭王家的巨大外輪船隊回來的。原來船的速度有辦法那麼快。快得我都覺得有點可怕呢。」

「巨大外輪船隊？？？」

我對從未聽過的詞彙感到疑惑……不，我知道外輪船。

那是在船舷部分加裝可藉由人力轉動的水車，所以即使沒有風，也能藉由人力航行的船。也聽明鈴提過真的打造出了這種船。

但「巨大」跟「船隊」是怎麼回事？

白玲細心剝下粽葉，瞇眼道：

「……我聽說外輪船的點子是你想的，不是嗎？」

「是、是沒錯，可是我沒聽說是巨大外輪船……也沒聽說要建造好幾艘啊！」

貌美的銀髮姑娘坐到我的床榻上，湊過來訓斥。

「我不想聽你的藉口。請你多少改改這種馬虎的個性。」

「我、我只是在喝茶的時候隨口和明鈴提到而已。因為當時剛好聽伯母提到『外國有種沒有風也能航行的船』……說不定傻瓜和天才真的僅有一線之隔。」

「…………我同意你說的後半句。」

白玲神情複雜地表達同意。搞不好是她趕去都城的時候遇到了什麼事。

——吃完粽子後，一陣來自南方的晚風吹進寢室。

原本躲在雲後的滿月逐漸現身。我低聲問道：

「老爹他們人在大河嗎？」

「對。」

即使阮古頤已死，阿岱一定不會放棄進犯榮帝國。

今後應該也會在北方戰線看見那些巨大投石器和金屬重型甲冑。

而我們也需要防備西冬的任何動靜。

自從他們不再保持中立，甚至還允許玄國軍隊進入領土開始，就已算是我國的敵人了。

這一仗讓我們清楚體認到他們的技術不可小覷，得採取應對方法。

等於老爹不只需要顧好北方，也需要應對西方國境。

國內的「談和服從派」也很棘手。希望這次勝仗能讓他們收斂點……

唯一能夠肯定的——是今後絕對會再發生死傷無數的大戰，而我也無法置身事外。

……可惡，就是這樣我才想早點去哪個鄉下小城當文官。

白玲看向我的臉，伸手摸起我的臉頰。

「爹和大家都對你這次的功勞讚不絕口，說是因為有你在，才能成功守住敬陽。」

「……活下來的人或許會這麼說吧。」

我撇開視線，嘆了口氣。自己終究還是討厭打仗。

然而，除了武藝過人以外，幾乎對所有事情都一竅不通。

要是可以再更擅長指揮大軍⋯⋯

「隻影。」

「唔！」

白玲忽然用雙手握緊我的右手，移到她的胸前。

——我聽見了心跳聲。

「呃，喂。」

「⋯⋯你不要老是這麼自責。你已經盡力了。你在這一仗立下的功勞大得難以置信。縱使有人認為你做得不夠好，我也一樣會讚許你這份努力。所以⋯⋯」

比星辰更加美麗的藍眼滲出大粒淚珠。我感到非常欣慰，故意呼喚白玲的乳名調侃她。

「⋯⋯別哭啦。雪姬，妳真的是個愛哭鬼耶。」

「⋯⋯我才沒有哭。」

白玲放開手，用衣袖擦拭眼淚，並起身拿起純白的劍——「白星」交給我。

「這把劍還你，先前沒有還成。」

「呃⋯⋯好⋯⋯」

敵不過她的氣勢，於是乖乖接過這把劍。好令人懷念的重量⋯⋯拿起來很順手。

「…………」

「怎樣？」

貌美的銀髮姑娘看著我的眼中帶著不安，立刻看向一旁。

她眼神游移，接著便一邊撥弄瀏海，一邊講出讓我完全摸不著頭緒的一句話。

「——……所以，你要怎麼辦？」

「？？？」

無法理解這道提問的意思，不禁顯露困惑。白玲著急大喊：

「就、就是！……你不是和明鈴說好她如果找到天劍，就要和她結婚嗎？現在她找到天劍，你真的要娶她嗎？」

「唔～……可是我現在又還不打算結婚…………」

那傢伙到底是怎麼找到天劍的？還有——白玲剛才是不是直接稱呼她的名字？？

腦海裡浮現那位天才姑娘欣喜若狂的模樣，稍做思考。

「啊，那就這麼辦吧。」

「……咦？」

我把剛才收下的劍還給白玲。

貌美的銀髮姑娘雙手接過這把劍，和我剛才一樣愣得眨了眨眼。

「隻、隻影？那個……」

「我現在左手動不了，要等一段時日才會治好。所以妳先替我保管那把劍吧。說不定多用幾次就能用得順手了。」

我毫不猶豫說道，閉起一隻眼睛。

——前世和今生做了不少錯誤的抉擇。至少這次鐵定不會錯。

接著輕輕一笑，揮動還動得了的右手。

「『黑星』與『白星』——兩把劍湊在一起才能稱作『天劍』。當初是要明鈴幫我找『天劍』，等『天劍』成功交到我手上，才會考慮要不要和她結婚。」

「……你這分明是騙子的話術。」

白玲低頭露出苦笑，只有雙眼看著我。不過，她似乎還是難掩欣喜。

總之，還是得找個機會向明鈴道謝……但過一陣子再說吧。我繼續勸白玲收下「白星」。

——稍微參雜一點謊言。

「而且說話回來，天劍可是至少千年以前的劍，有誰能證明這兩把劍不是冒牌貨？？除非『雙英』其中之一轉世來到我們這個時代吧？」

「……你果然很壞心眼。」

我們張家的小公主臉頰上微微泛起紅暈。她將「白星」擁在懷裡，如此笑道。

嗯，她笑起來還是比哭的時候好看多了。

她輕推我的上半身，讓我躺在床榻上並立刻替我蓋上被子，把臉湊到我面前。

「好了，你再睡一會兒吧。」

「可是我已經不睏了，想看看《煌書》……」

「不行。」

「……好。」

我不敵她咄咄逼人的態度，只能澈底投降。於是出於無奈——只好閉上眼睛，嘗試入睡。

聽見白玲拿著盆子離開寢室。燈火也熄了。

感覺得到她說什麼都要我好好靜養的強烈決心……

然而，或許是我比自己想的還要更加疲勞，才過沒多久就湧上一股睡意。

正當我開始昏昏欲睡時——白玲忽然小聲呼喚。

「隻影。」

「嗯？」

在黑暗之中睜開眼，也只能看見她的模糊身影。

一段靜默過後——她問了一個出乎意料的問題。

「你會想要冠上『張』姓嗎？」

我陷入沉思。

意思就是我會從「張家的食客」變為「張隻影」。

一直以來都沒有太在乎這件事，不過……還是坦白內心想法。

「——……那當然。」

她並沒有立刻回答我。

就在以為她已經離開寢室，決定坐起上半身察看情況時，白玲悅耳的嗓音傳進耳裡。

「——這樣啊。知道了。我會記在心上。」

她的語氣乍聽一如往常。

——不過……

卻也摻雜了一點……對，好像摻雜了一絲絲喜悅…………

我對黑暗中那道身影問：

「白玲，妳問這個有什麼意義嗎……？」

她優雅地笑了出聲。

「你不需要知道有什麼意義，我只是想問問而已。還有，你之前曾說『跟你一同出生入死的人都會賠上性命』吧？——那麼……」

外頭的月亮不再受到雲朵遮蔽，使得月光得以灑落室內。

——這位有著無比美麗容貌及銀髮藍眼的姑娘將劍抵在胸前，凝視著我。

「我不和你一同出生入死，也不和你並肩作戰——我要走在前面，帶領你前進。這樣就沒問題了吧？你應該願意成為我的後盾吧？」

我頓時愣得說不出話。

不論是前世還是今生，從來沒有人能夠如此有自信地對單論「個人武藝」高人一等的我說這種話。

……唉，真是敗給這傢伙了。

我苦笑著以很小——卻也很明確的動作點點頭。

隨後白玲便一臉欣喜，腳步輕盈地轉過身。

「那麼——晚安了，隻影。」

「好——晚安，白玲。」

這次白玲才終於逐漸遠去。

我再次躺下轉頭看往窗外——發現早已墜落的「雙星」竟高掛在北方天上。是新的星辰嗎？

「——……原來如此。」

看來這個時代也賦予了「天劍」重責大任。

這次一定要守護好我想守護的一切……

我閉上雙眼，委身於誘人的睡意之中。

*

「所以……阮古頤真的戰死沙場了，對嗎？」

我國主力被驅離敬陽當天的深夜，玄軍旗艦船室。

我——玄帝國皇帝阿岱韃靼，正坐在朦朧燈火前的椅子上聆聽這場敗仗的詳細報告。我這道提問在安靜的船室當中迴盪。

沒有召集正在休養的心腹們，因此在場的就只有我——以及站在窗邊的一名戴著狐狸面具，身穿破爛外衣的密探。他的體格相當嬌小，但看不出究竟是男是女。密探語氣誠懇地回答：

「對，雖然無法就近確認，可以確定阮古頤已經陣亡。另外還有許多『赤槍騎兵』的將領戰死，少數倖存者則是往西冬方向撤退。」

先帝在離世前不久，將與人稱「千狐」的地下密探組織的合作關係託付於我。據說——他們會使用不可思議的手法收集情報，且從玄帝國建國當時便是國家背後的一大助力。但我也不清楚他們究竟是什麼樣的組織。

我登基後曾見過一次他們的領導者。他當時說：

「您不覺得我們是什麼人並不重要嗎？——『王英風』大丞相。若單論統一天下，我們當然可以助你一臂之力。」

沒錯。我前世與今生該做的事無二。

必須一統天下！這次不能再讓吾友託付於我的夢想遭到顛覆！

據說煌帝國在前世的我隱居過後只過了不到五十年，便面臨亡國命運。今生的我不會再犯一樣的錯誤。

我以女孩般的纖細手指撥弄白髮說道：

「……太難以置信了。他們竟有辦法勝過人數整整是己方十倍的大軍。那麼，打倒阮古頤的是何許人也？」

「赤狼」是貨真價實的強者。

即使他在戰場上略輸張泰嵐，也不可能死於無名小卒手下。

密探話中摻雜著些許困惑。

「——是張白玲與張隻影。」

窗外吹來一陣南風，吹得燈火隨之搖曳。我狐疑地接著詢問：

「先不論張泰嵐的女兒……他有兒子嗎？記得阮古頤的報告書上不曾提過這回事。」

「似乎不是親生兒子。若士兵們所言屬實，兩人皆年僅十六。」

「……這樣啊。」

雖然是兩人合力打倒「赤狼」，但他們是年僅十六的少年與姑娘。

忽然想起前世的摯友也曾做過類似的壯舉。

皇英峰也是初上戰場，便成功斬殺了聲名遠播的武將。他當時——年僅十五。

儘管聽來荒謬，但千狐收集情報的技術相當高超，想必是千真萬確的事實。

……沒想到阮古頤會就此戰死沙場。

我正為痛失忠臣沮喪不已時，密探以彷彿沒有重量的輕盈動作跳上窗邊欄杆。

「我們掌握到的消息就這些了——皇上啊，你可別忘記自己的使命。我們已等待千年，請你務必在北方的風暴來臨之前一統天下。」

「我知道。他們團結起來會相當棘手——對了，『天劍』找到了嗎？」

「……目前沒有任何進展。『我們根本沒在你說的那間廟裡看到那種東西』。」

戴著狐狸面具的密探語中透露些許抱怨，隨後便消失在我眼前。

船室裡僅剩我一人凝視著插在桌上花瓶內來自「老桃」的桃花，自言自語道：

「……應該不會吧。」

皇英峰已死，有不可能和我一樣重獲新生……

「不對，我得先詳加調查他們的來歷。如今『赤狼』已死，錯失了完成我這份野心的大好機會。知悉殺死阮古頤的那兩人是我國當務之急……」

這段細語沒入黑暗當中，消失得無影無蹤。

窗外可見早已在千年前那一天墜地的星辰——「雙星」正高掛於北方天際。

後記

初次見面的讀者們，幸會。也很高興能再見到看過我過往作品的讀者。我是七野りく。

我在二〇一八年底以《公爵千金的家庭教師》一作出道，至今仍會誤以為自己是新手作家，還自稱領身障執照（※新手執照被吊銷）的作家。請多多指教了。

關於本書內容。

我的興趣是「寫作」和「閱讀」，也就是典型的沒什麼嗜好的人……而本作就是一直沒有對外公開的故事構想之一。

……老實說，還是難免有些擔心自己能不能把這個題材寫成故事。

因為每個月發售的無數作品當中，幾乎不存在像本作這種純粹的古風奇幻武俠作品。（頂多有參考三國志的作品……）

總之是白擔心了。

實際寫下去才發現主角隻影被我塑造成很帥氣的英雄，白玲也是個可愛又可靠的搭檔。而且我也很愛自己筆下的各個敵方角色。

雖然以刀劍和魔法為主的世界觀很棒，但像本作這樣的奇幻武俠作品是不是也很新奇呢？

再來是宣傳。

《公爵千金的家庭教師》最新的十三集與本書在同一天發售（註：此處皆為日本出版狀況）。

希望看過《雙星》的各位讀者們如果有興趣，不妨也看看《公爵千金的家庭教師》吧。插畫是cura老師畫的喔。

接下來要向協助出版的各方人士致謝。

責任編輯大人，本書終於成功出版了！我會繼續努力寫第二集。

cura老師，真的很感謝您繼《公爵千金的家庭教師》之後，又接下了本作的插畫工作！您畫的隻影、白玲和明鈴太好看了！

也要謝謝在百忙之中替我寫推薦文的志瑞祐老師、羊太郎老師與下等妙人老師。這是第一次有人替我的作品寫推薦文，所以在寫這段後記的時候其實非常緊張。看來這世上還有很多從來沒體驗過的事情呢。

最後要大力感謝看完本書的每一位讀者大人。

希望我們有機會再相見。下一集的主題是「懲罰叛徒」。

七野りく

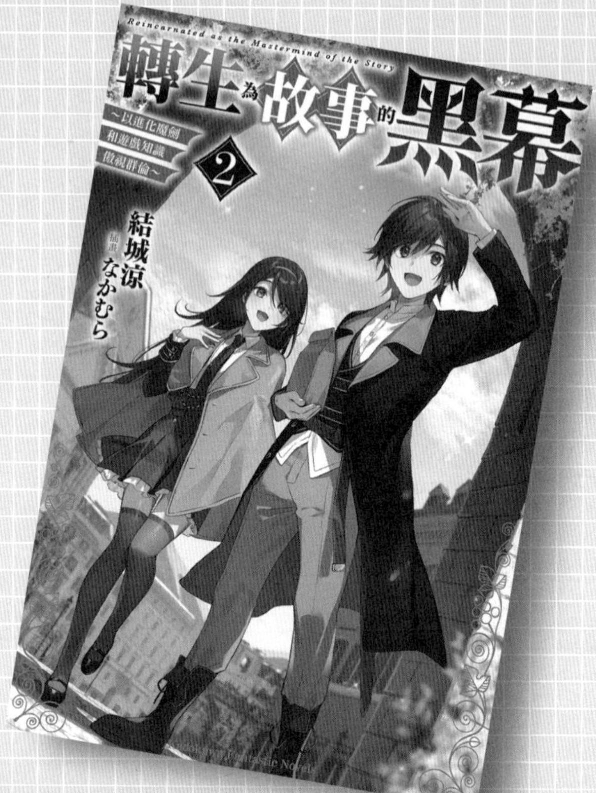

轉生為故事的黑幕~以進化魔劍和遊戲知識傲視群倫~ 1~2 待續

作者：結城涼　插畫：なかむら

「我的劍就是為了這種時候存在的。所以──」
連的故事，又有了重大的變化──！

和聖女莉希亞與其父克勞賽爾男爵談過之後，連決定暫時留在男爵宅邸，一邊處理男爵家的工作，同時一邊在公會當冒險者發揮本領。而為了協助男爵家，他在莉希亞的目送下前往某處，邂逅了一位意料之外的少女。她和掌握故事重要關鍵的人物有關……？

各 **NT$260~300/HK$87~100**

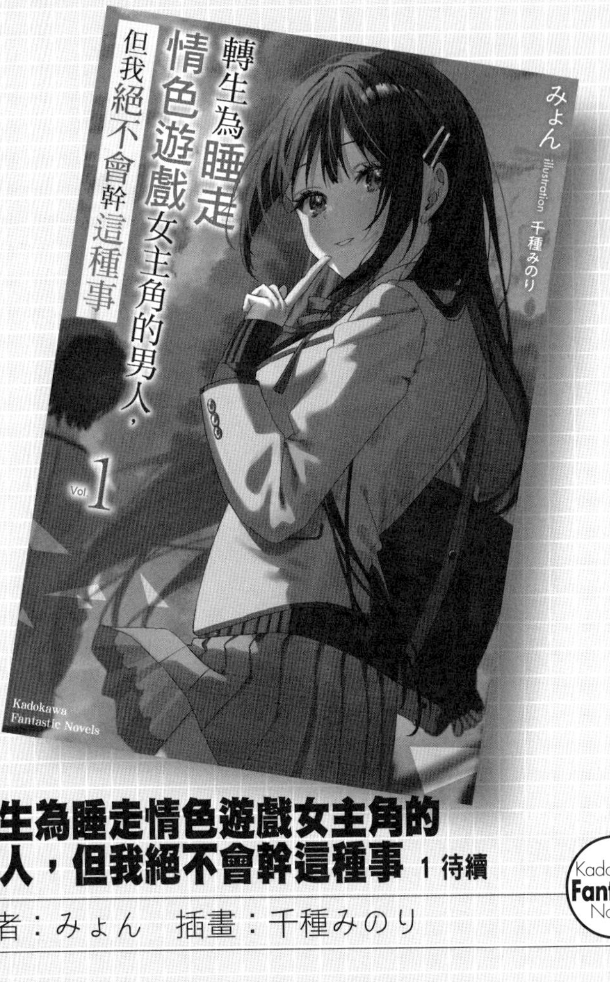

轉生為睡走情色遊戲女主角的男人，但我絕不會幹這種事 1 待續

Kadokawa Fantastic Novels

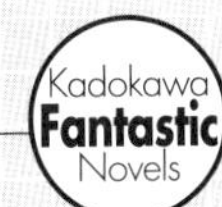

作者：みょん　插畫：千種みのり

從被奪走之前，我就一直是「屬於你的」。
NTR？BSS？兩者皆非的純愛故事揭幕。

我轉生成NTR遊戲的主角佐佐木修……並不是，而是把女主角音無絢奈從修身邊睡走的好友角色——雪代斗和。我自己並沒有興趣睡走別人的女人，然而，只要修不在就會立刻貼上來的絢奈坐上我的大腿——這兩人該不會從遊戲開始前就已經有一腿了？

NT$240/HK$80

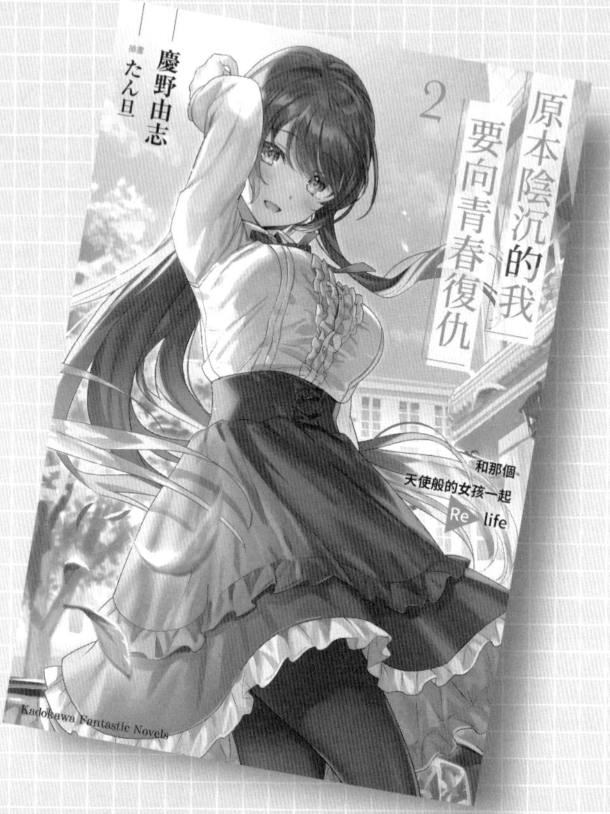

國家圖書館出版品預行編目資料

雙星的天劍士/七野りく作; 蒼貓譯. -- 初版. -- 臺北市 : 臺灣角川股份有限公司, 2024.01-
冊 ;　公分. -- (Kadokawa fantastic novels)

譯自 : 双星の天剣使い
ISBN 978-626-378-412-3(第1冊 : 平裝)

861.57　112019545

Kadokawa
Fantastic
Novels

雙星的天劍士 1

（原著名：双星の天剣使い 1）

2024年1月8日　初版第1刷發行

作　　者：七野りく
插　　畫：cura
譯　　者：蒼貓

發 行 人：台灣角川股份有限公司
總 經 理：呂慧君
總 編 輯：蔡佩芬
主　　編：林秀儒
編　　輯：楊芫青
美術指導：陳晞叡
美術設計：郭虹吟
印　　務：李明修（主任）、張加恩（主任）、張凱棋

發 行 所：台灣角川股份有限公司
地　　址：104台北市中山區松江路223號3樓
電　　話：（02）2515-3000
傳　　真：（02）2515-0033
網　　址：www.kadokawa.com.tw
劃撥帳戶：台灣角川股份有限公司
劃撥帳號：19487412
法律顧問：有澤法律事務所
製　　版：尚騰科技印刷有限公司
ＩＳＢＮ：978-626-378-412-3

SOSEI NO TENKENTSUKAI Vol.1

First published in Japan in 2022 by KADOKAWA CORPORATION, Tokyo.
Complex Chinese translation rights arranged with KADOKAWA CORPORATION, Tokyo.